見逃してください、邪神様

～落ちこぼれ聖女は推しの最凶邪神に溺愛される～

プロローグ

自分がどれくらい前から存在するのか、彼自身知らない。

壊れかけの黒い神殿で石の祭壇に座り、時々戯《たわむ》れに指先で魔物をつくっては地上に送り、気まぐれで天候を操って、時に厄災を振りまいた。眷属《けんぞく》を呼んで享楽《きょうらく》に耽《ふけ》り淫蕩《いんとう》に身をゆだねたが、そのすべてが。

(退屈だ)

目にうつるすべてが存在するに値しない。地上が形を変え、雨風で岩が砂になるほどの年月を過ごしてなお、その気持ちは変わらない。

(暇……)

祭壇から降りて、長い赤髪を掻きながら裸足《はだし》で神殿を歩く。いくつも廊下に置いてある鏡のひとつに手を置くとすぐに人の大勢いる地上のようすが見えた。

魔物で間引いているのに、よくもまぁこれだけ増えるものだ。自らの瞬《まばた》きよりも短い人生を眺めて、なりきってみるのはどうだろう、と思いついたのはどれくらい経った頃か。

人は嫌いではない。魔物よりも感情が豊かで、泣いて怒って笑って彼の厄災からも立ち上がる。

愛すべき、殺すべき存在だ。他のすべてのものと同様に。

「退屈しのぎにはなるかもな」

そうして彼は人の身で地上に降りて——大切な、愛し子に出会った。

序章

目の前で、苦しげに横たわる老年の男性にペコラは手を翳《かざ》した。

静かに目を閉じると手の甲にある精霊の印が光り、長い白髪がふわりと浮く。

——……やった～あばれるぞ～！

波数を合わせると、ペコラの耳に男性のお腹あたりからそんな小さな声が届く。それに心の中で話しかけた。

(待って、お願いだから大人しくしてくれないかな)

——えぇ～？

途端に不服そうな声が上がった。同時に男性が苦しげに呻《うめ》く。

(おじいさんが苦しんでるの！　お願い！)

必死に頼み込むと、しぶしぶ「は～い」という返事があった。その言葉にほっとしてペコラが薄く目を開けると、男性の呼吸は先ほどよりやわらいでいた。息を吐いて手をおろす。

「巫子《みこ》様……夫は」

かたわらで心配そうに『施術』を見ていた、男の妻を振り返る。

「もう大丈夫だと思います」

「ありがとうございます、ありがとうございます巫子様……っ」

継ぎが当てられたマントを被った女性が、ペコラの手を握る。その温かい手を握り返して微笑んだ。

「また具合が悪い時はいつでも呼んでくださいね」


貧民街の一角に建てられたその家から出ると、外は太陽の光がさんさんと降り注いでいた。

土埃《つちぼこり》の立つ道に雑多な建物。その路地でたくさんの子どもたちが遊んでいる。楽しそうなようすを見ながら、ペコラは神殿所属の巫子だとわかる白地に紋章のついたフードを目深《まぶか》に被ろうとして——動きを止めた。

「あれ？　ビートさん？」

ここまでついてきてくれた護衛の神官騎士の姿がない。きょろきょろと周りを見回していると、ずいと横から伸びてきた冷たいモノが頬に当たってペコラは飛び上がった。

「ひゃ！」

「お疲れ様です」

「リ、リベリオさん……っ？」

優しげに微笑む青年騎士がそこにいた。

年は二十を過ぎたところ。立派な体躯に纏《まと》うのはペコラと同じ、神殿の紋章の入った鎧《よろい》だ。腰にさした剣も場違いなほど輝いているが、今は何よりその笑顔がまぶしい。

長めの濃い紅色の髪、少し垂れた緑の眼、すっと通った鼻筋に薄い唇の彼は人目を引きまくる端整な顔立ちをしている。だがその顔を見た瞬間、ペコラは青ざめた。

「どどどどうしてここに」

「ん？　ペコラ様が神殿を出るのが見えたから追いかけてきたんです」

「ビートさんは」

「交代してもらいました。今度オゴるからって言って」

はい、と何事もなかったように先ほどほっぺたにくっつけられた竹の水筒を渡される。中には氷が入っているのか、とても冷たい。

「ありがとう、ございます……」

確かに喉は渇いていた。お礼を言って一口飲もうとして……

——はぁ、可愛い口。

ふいに聞こえた声に、ペコラはびくっと動きを止めた。

「また一人で施術ですか？」

——先に一口飲んだから、ペコラ様が飲んだら間接キスになるのかな。

目の前の氷水入りの水筒を見下ろして、そっとペコラはその口を閉じた。

「こ、これも巫子見習いの修行なので！」

目を合わせないまま足早に歩き出す。すぐに追いついて騎士らしくさりげなく道路側の隣に並んだリベリオに、ペコラは水筒をそろりと返した。

ここ、バウム王国の王都は神殿の総本山を擁《よう》する場所である。

巫子というのは神殿に所属し、精霊の力を借りて人々を救う存在、もしくはその代弁者だ。精霊に目をかけられた奇跡の力の持ち主、慈悲の存在、愛し子。彼、彼女らは各地で見出され、この神殿に集められて力の扱い方の教育を受ける。

十八歳のペコラも三年前に孤児院からこの地へやって来た。

だがペコラの巫子としての力は底辺も底辺、ど底辺だ。慈《いつく》しんでくれている精霊は『万物を土にする生物の精霊』……平たく言えば、ダンゴムシとか、目に見えないほど小さなダニとか、キノコとかミミズとかで、石畳と清潔さ、調和がコンセプトの王都では煙たがられている存在。得意技は生食でうっかり寄生虫を呑み込んでしまった人や、虫歯の治療である。

先ほどのおじいさんも、加熱が甘かった魚で腹痛を起こしていたので、精霊を介して中にいる虫にお願いしてその動きを抑えてもらった。

「日々修行に励《はげ》んで偉いですね」

リベリオが、ぽんとペコラの頭に手を置いた。頭を撫でられながらかたわらを見上げる。背の低いペコラはリベリオの胸元までの身長しかない。

「ペコラ様がすごいのは俺が一番よく知っています」

太陽がよく似合う、顔見知りのこの神官騎士はこんなことをさらりと言う。彼は見習い卒業試験に落ち続けている落ちこぼれのペコラを気遣ってくれる。強くて見目麗《うるわ》しい彼を専属にしたい正式巫子はたくさんいるのに、こうして貧民街までついてきてくれるほどに。

それはとても嬉しいのだが。

――好きだ。好き、すきすきすきすき。

「っ……」

――そろそろ食べても……まだ早いか。あぁでも。

「あっペコラ様こんにちは！」

容赦なく飛んでくる不穏な声にブルブルガタガタ震え始めたところで、顔見知りになった貧民街の人が挨拶をしてくれた。天の助けとそちらに駆け寄る。

「ペコラ様、これよかったら食べてって母ちゃんが」

子どもが両手一杯の果物を差し出してくれた。

「わ、こんなに……レオ、身体の具合は大丈夫？」

「うん、もう平気！」

無理矢理果物を持たされたところで、知り合いの老人が近づいてきた。

「あー、すまんが肥料作りを手伝っていただけませんか」

「もちろんですオリバーさん！　ミミズたくさん呼びますね！」

王都の端にある貧民街は人材もモノも足りない。こんな自分でも役に立てることが嬉しかった。

知り合いと話しているとふと影が落ちた。日光をさえぎる位置にリベリオが立ったのだ。

「あ、すみませんリベリオさん。お忙しいでしょうし先に戻って……」

青年を見上げてペコラは首を傾げた。なぜだろう、こんなに明るい昼なのに彼の顔に影がかかって表情がうかがえない。

——うまそう。

「果物が!?」

「え」

「……いや、お、美味しそうな果物ですよね！」

「そうですね」

いつも通りの笑顔を見せて、彼は今にもペコラの腕から落ちんばかりの果物をひょいひょいと持ってくれる。

（う、うぅ……）

最近、近くにいると聞こえてくるようになったこれは……おそらくリベリオの心の声。ペコラは名前の通り、よく羊と揶揄《やゆ》される癖の強い白髪を掴んだ。なぜこんなことが出来るのかわからない。

けれど、優しいお兄さんだと思っていたのになんだかイメージと違うことばかり言うのだ。

ちなみに好き、の言葉に親愛が感じられないのでさらなる恐怖をあおられる。そして何より、ペコラに心の声が聞こえるなんて……

（……リベリオ様、もしかして虫なのかしら……？）

得体の知れない事態に首をひねりつつ、ペコラは凛々《りり》しい騎士からそっと距離をとった。

第一章　見習い巫子

王都の神殿本部には、正式な巫子が住まう建物と見習いが住む建物がある。

今現在、登録されている正式な巫子が六十名前後、見習いが十名ほど。見習い試験を合格すれば一人前と認められ、その能力にあわせて配属先が決められる。高位の巫子は都やその近辺で奉仕し、その他は大陸中にある神殿に振り分けられるのだ。

巫子がいない神殿も存在する。ペコラが育った場所もそうだった。

ペコラは自分の力を何も知らないまま、近くの森で精霊と戯《たわむ》れていたところを見出された。巫子の肩書きがあれば出来ることがたくさんある。だからこそ一人で故郷から出てきたのだけれど。

（そろそろ孤児院に帰るべきなのかな……）

見習い巫子の訓練場所の椅子に座って、ペコラは膝に置いた鉢植えを覗き込んだ。

（大丈夫？）

――……キュウウ。

植えている小さな木の根元で、精霊――デフォルメ気味のダンゴムシ――が縮こまってプルプル震えていた。

街ではそれなりに働いてくれるのに、なぜか神殿内ではこんな感じなのだ。……未熟と言われればそれまでなのだが試験の時に限って精霊がだんまりを決め込むので、見事な落第が続いていた。巫子としての基本的能力が疑われるのも当たり前だろう。そっとダンゴムシを撫でるペコラの前を、同じ見習いが通り過ぎた。

「……ねぇ……」

「ほんと、巫子の恥さらしよね」

くすくす笑いながら通り過ぎる彼女たちに返す言葉もなく、鉢植えを持ったまま部屋を出た。

石造りの神殿は数百年前に建てられたもので、高い天井まで細かな装飾が施《ほどこ》されている。柱は磨かれた大理石で出来ていて、景色が映るほどピカピカに光っていた。中庭にかかる渡り廊下にさしかかったところで、黄色い悲鳴が聞こえてきた。どうやら中庭で神殿の警護を担《にな》う神官騎士たちが訓練しているらしい。

その一団にはリベリオの姿もあって、見物している巫子や女官が彼に向かって歓声を上げていた。

少し前までは、ペコラも野次馬の後ろでようすを見ていたことを懐かしく思いつつ、つい足を止めてしまう。国の宝である巫子を守る騎士は家柄と能力を重視される。その中でもエースと呼ばれるリベリオは、あっさりと試合形式で同僚を五人抜きしてしまった。

――つまらん。

冷ややかなリベリオの声が頭に響いて息をのむ。退屈そうな声のわりに、彼は打ち込んできた騎士の剣を冷静にかわして返す刀で倒した。

――こんなことするより、あの子を撫でて食べて○○□□××して……

「ひっ」

半分くらい意味のわからない言葉が頭の中に流れ込んできた。そんなことを考えているなどおくびにも出さず、爽《さわ》やかに次々と相手を屠《ほふ》っていく青年騎士の姿に女性陣が頬を赤らめている。

――△△して○○○○○○……あ、ペコラ様。

バレた。鉢植えを抱えたままダッシュでその場を逃げ出そうとしたところで――後ろから突然、襟《えり》を掴まれた。

「ごめんなさい△△はちょっと遠慮します……！」

「何を言っているの？」

ツンとした女性の声に振り返ると、そこにはリベリオではなく金色の美しい髪をさらりとなびかせた少女が女官を数人引き連れて立っていた。

「あなたが見習い巫子のペコラ・ハーパー？」

「は、はい」

「わたくし、本日より神殿にお仕えするエカテリーナ・マグヴァルトといいますの」

彼女はそう言って髪を掻き上げた。

「あなた、何の精霊の愛し子？」

「……」

「エカテリーナ様の質問に答えなさい！」

「え、えっと、ものを土にする虫の」

「虫？」

少し呆然としていたので、女官の言葉に慌てて答えるとエカテリーナに途中でさえぎられた。

「たかが虫の……さすが落第を続けているだけのことはありますわ、おほほほほ」

エカテリーナと名乗った彼女が手を伸ばす。その手首にある精霊の印が光ったと思うと、ペコラが持っていた鉢植えの枝からいくつもの芽が出て、あっという間に見事な花が咲いた。ぱちんと指を鳴らすとその周りを光が飛び回る。

「私には四種の精霊がついていますのよ」

「……はぁ」

「私のほうが優秀ですわね。土の虫なんてそんな汚らわしい精霊に価値はありません」

「えっと」

「単刀直入に言いますわ、リベリオ様に今後近づかないでいただきたいの。あなたが孤児出身で可哀想だから気にされているだけよ、あの方は私の護衛にこそ相応《ふさわ》しい」

「――エカテリーナさん、角でぶつかったリベリオさんに一目惚れされたんでしたっけ……？」

「はっ!?　な、なぜそれを……」

エカテリーナがぎょっと目を剥《む》く。人目を引くやりとりに、ざわざわと周りがざわめき始めていた。

「ペコラ様、どうかしました？」

そこにマントを翻《ひるがえ》してリベリオがやって来た。条件反射で固まったペコラをよそに、リベリオを見て顔を真っ赤にしたエカテリーナは、取り巻きを連れてそそくさと去ってしまった。

「大丈夫ですか？」

「……え、ええと」

答える自分の声をどこか遠くに感じていた。

リベリオを含めて見える景色はどこか、窓一枚隔《へだ》てたようなもの。そう、これは……液晶画面。

途端にペコラのものではない記憶が脳内に流れ込んだ。

夜でも明るい光、どこへでも行ける車や飛行機に、なんでも出来るスマートフォン、本、マンガ——はまっていた乙女ゲーム。自分は前世、日本と呼ばれる国にいた。

「……！」

ぱっと服を見下ろす。ギリシャ風の白い貫頭衣に七分丈のズボン、サンダル。上に羽織るのは足元までのフードつきマント。

このデザインを知っている。さんざん遊んだゲームの世界、主人公は後に大聖女と呼ばれる、六種の精霊に愛されたニナという少女だ。この国に降りかかる災厄を至高の正神とともに払う。そして。

（あ、ああ）

「？」

青ざめながらペコラが顔を上げると、『リベリオ』が首を傾げた。

彼は、邪神だ。以前からこの神殿に身分と姿を偽《いつわ》って入り込んでいて、後に主人公の護衛騎士になり――クライマックス間際で、その正体が判明する。享楽《きょうらく》、快楽、堕落、災害、病疫この世のすべてのマイナスを請け負う神。

ペコラの前世の、推しキャラ。

(――推しが目の前に！)

その事実にペコラはよろめきながら後ろに下がった。

「どうしましたか、熱でも」

大きな手が伸びてきて額に触れた。心配そうな顔に至近距離で覗き込まれペコラは完全に動きを止めた。

(か、かっこいい……っ)

なぜ推しか。それは顔や体格もタイプだし、邪神という存在がまた厨二心《ちゅうにごころ》をくすぐるためである。

病気がちで入退院を繰り返した前世のペコラは、その短い一生の中で原作ゲームだけではなくコミカライズ、小説、アンソロジーや同人誌まで読んだ。リベリオ×主人公《ニナ》は心のオアシスだ。おかげさまで邪神リベリオの主人公への儚《はかな》い思いとか、己の存在の葛藤について存分に摂取させてもらった。

……唯一最大の問題は、果たしてどこまでが公式か記憶が薄いことだろうか。

(で、ででも、ペコラなんて名前聞いたことがない……よね)

磨かれた大理石の柱にうつる自分をちらりと見る。羊の角のように耳の上に二つのお団子を作った、背中の半《なか》ばまで伸びた癖のある白い髪、小麦色の目。

故郷では可愛いねぇとご近所さんに言われていたが、美女がたくさんの王都ではどこにでもいそうな……垢抜《あかぬ》けていない顔。そのうえ虫の精霊の愛し子。こんなのどう考えてもモブだ。

先ほど遭遇したエカテリーナは主人公のライバル役だった。四種の精霊に愛された彼女は、神殿にやって来たものの力をうまく使えない主人公をいじめて最終的に返り討ちにされる運命にある。

「ペコラ様？」

そこで、リベリオに額に手を当てられたままなのに気づいた。触れる皮膚の感覚は人のもので間違いなく、少しひやりとしているけれど体温もある。本当に邪神が人化したものなのだとすると、見事としか言えない。

「……ん？」

そんなことを考えていると彼の目が妖《あや》しく細められた。手を離した彼の雰囲気が一瞬で蠱惑的《こわくてき》な男のそれに変わってペコラは唾を呑み込んだ。

心の底まで覗き込まれるような、竜を思わせる縦筋の邪神の瞳が身体に絡みつく。思わず後ろに下がるとその分距離を詰められ、背中が柱につくと、ゆっくりとペコラの頭の上に手をついたリベリオの綺麗な顔が近づいてくる。

（ち、近い……っ）

なす術《すべ》なくあわあわしていると、耳元でリベリオが嬉しそうにひそりと囁《ささや》いた。

「……気づきました？」

――早く早く早く早く早く早く早く早く……

全身の毛穴が開くほどの恐ろしい副音声つきで。

「あ、ああ、あの」

すみません邪神と気づいてしまいましたなんて言えるはずがない。しがないモブ見習いがここで返せる言葉はただひとつ。ペコラは手を組んでぎこちなく微笑んだ。

「何が、でしょうカ？」

身体とともに声が震えるのはどうしようもない上に、超棒読み。

（だってそう答えるしかないんだもん！）

ゲームでは最後に種明かしされるまでの間に、彼の正体に気づいた巫子や騎士がことごとく惨殺される（たまに凌辱《りょうじょく》のうえ）ことを知っているのだから。

「……」

「……」

至近距離で見つめ合うこと数秒。細めた目を戻して威圧を解いたリベリオはいつも通り人当たりのいい笑顔になる。

「なんでもないです。何か困ったことがあればいつでも頼ってくださいね」

身を起こした彼にぽんぽんと頭を叩かれつつ、よく聞くその台詞《せりふ》の意味にようやく気づき、ぶわっと汗が噴き出した。邪神に、何を、頼れと。

＊　＊　＊

（はぁ、やっぱり最高だよおぉぉ）

『私』はごろりと寝そべった病室のベッドで攻略本を胸に転がった。表紙には主人公を守る攻略対象六精霊《イケメン》と護衛騎士リベリオの姿。彼ら全員から愛を向けられるのは栗色の髪に青い目の可愛い少女だ。

（なんと言ってもリベリオ様は、主人公以外には表面上優しいだけの鬼畜なのがいいんだよねぇ）

ごろんごろんと転がっていると。

「――ちゃん、しっかり寝てないと駄目よ」

「はいっ」

病室のカーテンを開けられると同時にさっとクッションの下に本を隠す。もちろんベテラン看護師にそんなもの通用しないので、うろんな目で見られた。

「……しっかり療養しなさいよ」

「はーい」

いつもお世話になっているしっかり者の看護師さんに笑ってクッションに頭を載せた。小さい頃に病気が見つかってから入院と検査を繰り返してきたこの身体には、あとどれくらいの時間が残っているだろうか。

（ああでもなぁ、出来れば火葬は遠慮したいなぁ）

理想としてはどこか森の中にでも放置してほしい。親に迷惑をかけまくったこの身体、地球の肥料くらいになれればいいのに。

＊　＊　＊

（……ああ、またこの夢だ）

薄暗い部屋の中で目を開けたペコラは、まずそう思った。

気怠《けだる》い、とろりと甘い匂いがする夢。目覚めている時は忘れているのに、以前も見たと夢の中で遅れて気づく。蝋燭《ろうそく》の炎だけが灯る部屋に数え切れないほどのむつみ合う男女や獣や魔物がいる、そんな夢。

恍惚《こうこつ》に染まり艶《なま》めかしい肢体を薄い布で隠して享楽《きょうらく》に耽《ふけ》る彼らには、理性というものが存在しない。ただ本能のまま快楽をむさぼっていた。そのようすを、ペコラは数段上の壇上に置かれた長椅子から眺めていた。

『……お前も、してみたいだろう？』

後ろから伸びてきた手がペコラの頤《おとがい》を掴む。いつの間にか長椅子にはゆったりとした服を着た、浅黒い肌の男がいてペコラを膝に乗せていた。

黒く長い爪の手で顎を掴まれながらふるふると首を振る。はいと口に出せば、ペコラもあそこに堕ちる。数名の男が一人の女性を襲って交尾が始まった。魔物が人間を襲う。何をしても皆、悦《よろこ》びの表情でそれを受け入れているが、恐ろしいことに変わりない。

『そんなことはしないよ。誰もお前には触れさせない』

唇の動きがわかるくらい近くで囁《ささや》かれるのは蜂蜜みたいな甘い声だ。一面に白い刺青《いれずみ》のある浅黒い男の手が、薄衣の上からペコラの身体の線をなぞった。

「あ、……」

逃げようとする身体を捕らえて大きな手が膨らみかけの胸を捏《こ》ねる。するりと、太腿の間に指が滑り込む。恐ろしいと言いながらも目を背《そむ》けられない狂宴の間に濡れた身体の中心に潜《もぐ》り込んだ。

「っ待……や」

『早く、こちらへ』

耳を舐める感触と鼓膜を震わせる低い声が思考をかき混ぜる。どこかで耳にしたようなそれを聞き、震えつつペコラは目を閉じた。

＊　＊　＊

朝のお勤めを終えた後は朝食の時間だ。巫子見習いのメニューは黒パンとスープという素朴《そぼく》なものだが素材は上質なものを使用していて、味はいい。ペコラは椅子について寝不足の目を擦った。

（なんだかいろいろ夢を見た気がするけど……）

寝たのに寝た気がしない。あくびを手で隠しつつ、目の前のスープに沈むひよこ豆をつついた。

衝撃的な事実が判明してから一晩が過ぎた。

集めた情報をひとまず整理してみることにする。

——一、ここは前世で遊んだゲームの世界（十八禁）。

——二、ペコラは物語の舞台である神殿の巫子見習い。

だがゲーム内にその名のキャラがいた記憶がない。つまり自分は主人公かそれに準ずるキャラではない。

——三、捜してみたがヒロインらしき巫子及び巫子見習いはいない。

六精霊に愛されているのだ、いるとすればさすがに存在を知らないわけはない。まだ力が具現化せず神殿に見出されていないのだろう。

（確か住んでいた村が魔物に襲われるのだっけ……）

目の前で父親が魔物に殺された時に眠っていた力が現れ、孤児になった彼女は神殿に保護される。

「……魔物、かぁ」

——四、隣に座っているリベリオはどこかの時点でヒロインの護衛になる。

「……な、何か？」

真横から刺すような彼の視線に耐えきれず、ペコラはへらりと口を歪《ゆが》めた。いつの間にか隣の席で頬杖をついて座っているリベリオは今日も愛想よく微笑んだ。

「おはようございます。気にしないでください、ペコラ様が真剣にひよこ豆をつつくのを見ていただけですから」

リベリオが頬杖をついたまま明るく返す。なんだか今日はいつもより無駄に元気そうなのは気のせいだろうか。

（……ううぅぁかっこいいい……！）

真面目につくろった顔を背《そむ》けて、赤くなった頬を押さえた。大好きだったキャラが隣にいるのだ。そうと気づいてしまえば冷静になれるはずがない。

そもそも、ペコラはリベリオのことを嫌いなわけはなく――むしろ、頼り甲斐《かい》があって好ましく思っていた。ただ謎の声が怖すぎるから敬遠していただけで。

けれど彼が好きなのはヒロインだ。こうしてペコラにちょっかいを出すのにもそのうち飽きるのだろう。ということで一番大切なことはというと。

――五、一刻も早く、物語の舞台である神殿から離れるべきである。

（だって今生こそは長生きしたい！）

切実な問題である。しかもペコラがリベリオの正体に気づいたと知られれば、問答無用の邪神バッドエンドが待っているならなおさら。

（信者や魔物を集めてみんなで落ちこぼれ巫子の私を辱《はずかし》めるんだ。エロ同人誌みたいに！　エロ同人誌みたいにいいいいい）

指を組んでガタガタ震えた。ちなみに享楽《きょうらく》、快楽、堕落、強欲を好む邪神は王都でも一部に圧倒的人気を誇る。表立ってはもちろん信仰出来ないので隠れ信者がとっても多い。

（……早急に、行動にうつさないと）

そこで、ぷに、とリベリオの指が頬をついた。

「……何してるんですか？」

「美味しそうなほっぺだと思って」

それはお肉的な話でしょうか。

「あ、ありがとうございます……？」

引きつりながらそそくさとトレイを持って席を立つ。考えごとをしていた間に他の巫子見習いは座学に移動していた。振る舞いや歴史を習うその授業をペコラはとっくに合格しているので出席する必要はない。

廊下に出たペコラを当然のようにリベリオが追いかけてきた。

「今日も貧民街に？」

「その前にちょっと用事を済ませてからですが。……今度こそは試験に合格しないと……っ、地元の神殿に勤める夢もありますし！」

力を使えば使うほど精霊との結びつきは強くなる。お役にも立てて一石二鳥だ。

「ペコラ様が合格したら俺もついていこうかな」

「い、いいいいです！　リベリオさんはここですることたくさんあるじゃないですか。せか……」

「せか？」

「せー……かっこうをはかったり？」

「背格好？」

（は！　そうだ！）

言い訳にしても苦しすぎるが、自分で言って気づいてしまった。ヒロインが神殿に来たら、リベリオが世界滅亡を企《たくら》んだり、ヒロインちゃんに迫ったりするゲーム内容が始まるのだ。

（見てみたい……！）

出来れば特等席で、かぶりつきで心のメモリーに収めたい。そう思いつつペコラはちらりと隣を歩くリベリオを見た。

（それと……邪神の恋を成就《じょうじゅ》させてあげたい……な）

ゲームではハッピーエンドは六精霊や正神とばかりだった。

リベリオルートは悲恋、もしくはメリーバッドエンド。でもペコラはヒロインが神殿に来てからどんなことが起こるのかはわかっている。それを利用したら、もしかして幸せな二人の結末を見ることが出来るかも。

（いやいや、何を大それた……）

心の中に浮かんだアイデアを首を振って追い出した。それよりも先にしなければならないことがある。ついてきたそうなリベリオをペコラは全力で走って振り切った。

「……エルモ地方に行きたいというんですね？」

ペコラは見習いの管轄《かんかつ》をしている神官の元を訪ねた。髭《ひげ》をたくわえた壮年の神官はペコラの話を聞いて、机の上に広げた地図を前に顔をしかめる。

「はい。転移陣を使う許可はいただけますか？」

ペコラが地図で示した赤丸は魔物が住む地域と人間の住む地域の境界近く——ゲームのヒロインが住んでいるはずの場所だ。

ライバルのエカテリーナが神殿に来たということは彼女にもそろそろ動きがあるかもしれない。つまり、住んでいた村が魔物に襲われて壊滅状態になる。本当にそんなことが起こるのか、回避出来る方法はないか、出来れば自分で確認したかった。

神官が咳払いをした。

「ペコラ様。……さすがに次の試験で何の奇跡も起こせないようなら、見習いの身分も剥奪《はくだつ》させていただくという話が出ているのですが」

「うぐっ」

「神殿の外のことは聞いております。ですが巫子の力はあくまで平等に国と民を支えるもの。特定の区域にだけ目をかける行為は目に余ります」

「で、ででも、あそこにはもともと必要なものもないのです。それなら国のほうからもう少し目を配るようお願い出来ませんか」

「とにかく、あくまで決められた基準で、どこの場所であれ同じ能力を使っていただかなければなりません」

「……はい」

シュンとして部屋を出た。それでも長期出張の名目で外出証はもらえた。神殿の転移陣を使う許可も。

各地の神殿には転移部屋が設《もう》けられていて、使えば一気に長距離を移動出来る。ご都合主義だがゲーム世界なのでそういうものだと思おう。もちろん見習いの地位を剥奪《はくだつ》されて神殿を追い出されれば使えなくなるものだ。

（……これが最後のチャンスかも）

なんとしてもヒロインちゃんを見つけ出さなければ。ペコラは気合を入れ直した。

第二章　ヒロインを捜して

床に描かれている転移陣から一歩外に出ると、その光が収束して消えていく。

「ようこそお越しくださいました、ペコラ・ハーパー様」

目の前にいる神官がペコラに頭を下げる。それに下げ返して顔を上げた。

エルモ地方に唯一ある神殿は王都のものに比べてごく小さく簡素なものだ。仕えている神官も少ないが綺麗に整頓されていた。

「突然の無理を言って申し訳ありません」

「いえ、こんな辺境までわざわざお越しいただき光栄です。……ですが」

きょろきょろと周りを見回して、神官が首を傾げた。

「護衛の神官騎士も連れずお一人で、ですか」

「ええ、まぁ……」

ペコラはあいまいに笑って言葉をにごした。キュ、と肩に乗っているダンゴムシ型の精霊も返事をした。

四精霊に愛されているエカテリーナに目の敵《かたき》にされてしまい、出立までの間にも何かと嫌がらせを受けていた。他の巫子や女官、騎士が落ちこぼれのペコラにつくかエカテリーナにつくかといわれれば……

（これがいじわるイベント……！）

笑みを隠して両手を握る。感動せずにいられようか、ゲームのイベントを疑似体験出来るとはなんたる幸運。

（意地悪な笑い声を上げているエカテリーナの立ち姿は綺麗だったし、役得役得）

そんなわけで一人旅になったのである。ちなみに派閥のゴタゴタを気にしない、仲のいい神官騎士ビートはちょうど奥さんの出産で休暇をとっている。

「危険でしたらすぐ戻ります。えっとでは､連絡したとおり近くの村々を回らせていただきますね」

だいたいの地域はわかるが、ヒロインがいる具体的な村の名前はわからない。神官に付近の集落の場所を教えてもらってひとつずつ確認していくつもりだった。

巫子と知られると大ごとになるので普通の旅人風の貫頭衣、ズボン、サンダル、旅用マントに肩かけの鞄という格好で川に沿って進む。神官がついていくと言ってくれたが、遠慮させてもらった。野生動物や魔物がいる可能性もあるけれど、危険があればすぐダンゴムシが知らせてくれる。

初夏でまだ気温は高くはないのが幸いだ。途中、川辺の岩に座ってサンダルを脱ぎ素足を冷たい水に浸《ひた》す。

――キュウ。キュウ。

「あんまり遠くに行かないようにね」

ダンゴムシもペコラの肩からおりて岩の上をてちてちと散歩している。川辺からはすぐ森になっていて、端は太陽の光が明るく射し込んでいるが先はほぼ獣道しかない。それを眺めて足を動かした。

(冷たくて気持ちいい)

ぱちゃぱちゃと水の表面を足ですくっては飛沫《しぶき》をあげて遊んでいると。

――……

「っ」

ふいに何か邪念が入ってきて、ペコラは固まった。

――あの足、舐めたら甘いだろうな。

そろりと川から足を上げる。

――爪先から舌で撫でて指の間を泣くほど○○して×××。

いる。邪神リベリオが確実に近くにいる。不穏な声に何事もない顔をして素早く足を拭いてサンダルを履《は》き、ダンゴムシを拾って歩き出した。

――キュ？

（ど、どうして……っ、神官以外には行き先を言ってないのに！）

不思議そうに見上げるダンゴムシをなだめて、あわあわと足早にその場を去る。

――ペコラ様も水くさい。言ってくれれば魔物の十や二十、俺が一人で蹴散らすのに。

（あなた魔物の総大将ですしね！）

人間の住む外の世界を支配し、たまに境界を越えてくる魔物は邪神の管轄《かんかつ》とされている。十や二十どころか、その気になれば絶滅もさせられるだろう。

「……きゃあぁ！」

「！」

森の奥から悲鳴が聞こえたのはその時だった。切羽詰《せっぱつ》まった子どもの声にペコラはその方向に走った。

「ウルルルウウォォォ!!」

狂暴そうな獣の声。近くの村の子だろうか、十を超えたくらいの子どもが狼たちの群れに囲まれていた。

「ダンゴムシくんお願い！」

――キュー！

ペコラがダンゴムシに呼びかけると一斉に土の中にいた虫たちが狼に殺到する。突然の攻撃に飛び跳ねる獣の間を走って、地面に座り込む子どもの手を引いた。

「今のうちに！」

「で、でも、足が」

よほど怖い思いをしたのだろう、栗色の髪の少女はガクガクと震えていた。

「背中に……っ」

おんぶをしようと背中を向けてしゃがんだところで、虫を纏《まと》った狼が悶《もだ》えながら襲いかかってくる。とっさにペコラが手を広げて女の子を庇うと――ドン、という大きな音とともに目の前で稲妻が狼に直撃した。

「……え」

赤くて大きな口を開けたまま狼が黒焦げになって倒れる。呆然としているうちに、慌てふためく群れの真ん中にも雷が落ちた。思わず空を見上げるが、雲一つない青空だ。

「大丈夫ですか⁉」

そこで、腰の剣を抜いたリベリオが駆け込んでペコラたちと狼の間に入り込んだ。

「……」

「ペコラ様？」

「あ、いえ……ありがとうございます……」

濃紅の髪を風に揺らして立つリベリオの姿がかっこよくて見惚《みと》れていた。

雷で腰が引けた狼たちが後ずさりしていく。転身した彼らを見てほっとペコラが息を吐いたところで、まだ周囲を警戒しつつリベリオが剣をしまった。

眉をひそめた彼がペコラの目の前で膝をつく。

「神殿を一人で出たという話を聞いて慌てて追ってきました。……どうして俺に相談してくれないんですか」

「そ、それはその」

拗《す》ねたように言った彼がペコラの頬に手を伸ばす、その指が触れる直前で、女の子がペコラの服を引いた。

「もしかして巫子様⁉　今のは精霊の奇跡の力⁉」

青い目をキラキラと輝かせた彼女に先にうなずいたのはリベリオだった。

「そうだよ。君は近くの村の子？」

改めて見ると、簡素な服を着ていても人目を引く愛らしい少女だ。リベリオの言葉に彼女は視線を下げた。その小さな手には白い花のついた植物が握られている。

「うん……お母さんの、病気に効く薬草を取りに来たの」

ペコラは微笑んでその頭を撫でた。

「そう、偉いね。でも一人で無茶をしてはダメよ」

「……ペコラ様は人のことを言えないような」

非難の声と視線に小さくなると、リベリオが女の子に背を向けた。

「村まで送ろう」

簡易鎧《よろい》を身につけたまま背負って軽々と立ち上がる。もう少し行ったところに小さな集落があると女の子は指で方角を指示した。

「お名前は？」

「ニナです、巫子様！」

頬を染めてハキハキ答えるその名前にペコラは引っかかりを覚えた。

ニナ。リベリオ×主人公《ニナ》。

ペコラはリベリオが負ぶっている女の子を見た。明るい栗色の髪に青い目。成長したら美女になるのがわかる愛らしい容貌。この子はもしかして……

（――ヒロインちゃん⁉）

「どうかしましたか？」

「い、いえ、何も！」

まさかこんな偶然があるものだろうか。半信半疑のままニナの住む村に向かう。

辺境の山間は日が暮れるのも早い。足早に夕暮れの森を抜けると、柵《さく》を巡らせた村の周りに松明《たいまつ》が焚《た》かれていて、遠目にも武器を持った村人たちの姿が見えた。

「お父さん！」

リベリオの背から地面におりたニナが、その中の一人に向かって駆け出した。

「ニナ⁉　心配したんだぞ、最近は夜以外でも狼が出るのに……っ」

「ごめんなさい！　でも、巫子様たちが助けてくれたの！」

体格のいい父親がこちらを見た。

（……やっぱり）

その顔を見てペコラは確信した。魔物に村が襲われた時に、ヒロインであるニナを庇って亡くなる父親その人だ。

「巫子様……あぁ、ありがとうございます！　なんとお礼を言えばいいのか」

「いえ、私は見習いで……それに助けたのは彼です」

リベリオを示すと、彼はにっこり笑った。

「俺はペコラ様の専属騎士ですから、俺の手柄はペコラ様の手柄ということで」

「せ……？」

いつの間にそうなった。ペコラが肩を震わせていると、その言葉を聞いた父親が並ぶ二人を見比べる。

「はぁあ、なるほどどうりでお似合い……」

「違います！　彼は普通に神官騎士で」

「そんな水くさいこと言わないでくださいよ」

「みみみ水くさいとかそういう問題じゃ」

「あ」

そこで小さく声がした。皆がそちらに注目すると、大きな目を見開いていたニナがぱっと口に手を置いた。その手に握られたままの薬草を見て大事なことを思い出す。

「奥様がご病気だとお聞きしましたが」

「ええ……」

父親はニナの頭を撫でて、山の向こう、魔物の住まう領域に目を向ける。

「最近、ここらで魔物の動きが活発化していて……住処を追われた獣に襲われまして」

「魔物が……」

ちらりと隣にいる青年に視線だけを向ける。平然といつもの表情をしている彼の感情はうかがえない。

こんな時に限って邪神の心の声は聞こえない。何か考えがあるのか、単なる魔物の暴走か気まぐれか……。そこでリベリオがペコラを見つめ返した。

「俺の顔に何かついてます？」

「いえ！」

姿勢を正す。

「傷の治りが遅くてずっと伏せっているのです。なにぶん、こんな辺境では医者に診《み》てもらう余裕もなく」

「あの、よかったら奥様のようすを診《み》てもいいですか？　お手伝いが出来るかも……」

「いいのですか！　立ち話もなんですし、とにかく中へ入ってください」

そこではたと気づいたように、ニナの父が集まっている村人に解散を伝えた。

村で唯一の酒場兼宿屋がニナの家だった。ここに来た本当の目的は話せないので、神殿からの用事の帰りと伝えたペコラとリベリオの姿に、村中の者が酒場に押し寄せる。

好奇の視線を背に、母親が寝込んでいるという部屋におもむいた。

「……あなた、ニナ……」

ほとんど調度品もない簡素な部屋の中、ベッドで寝ている女性が夫と娘に気づいて苦しげに目を開けた。その枕元にニナが寄る。部屋に入る前にペコラはリベリオに囁《ささや》いた。

「リベリオさんはどこかで待っていても」

「近くにいます。専属騎士ですから」

「違います」

なんだかやたらと押してくる。サブリミナル効果でうっかりうなずいてしまいそうで怖い。

「巫子見習いのペコラ・ハーパーです。少し、お身体を見せてくださいね」

ベッド脇の椅子に座って、汗の浮いた彼女の額をそっと布で拭いた。

許可を得て服を開く。肩から胸元にある獣に襲われた傷口が痛々しい。ペコラには傷を癒《いや》す力はないけれど、傷口から入った菌が悪さをしているのなら少しは手助け出来る。

(ダンゴムシくん、いい?)

――キュ。

目を閉じて、精霊の声に波長を合わせた。手の甲の精霊の印を光らせながら話しかけると、思った通り身体の中で無数の菌が好き勝手をしていた。時間をかけて話しかけて彼らをなだめ、目を開ける。苦しげではあるが、呼吸が安定した母親はおだやかな顔で眠っていた。

「……すごい」

ニナの言葉に微笑む。自分よりよほどすごい巫子——大聖女になる少女に。

(あなたならすぐ怪我ごと消しちゃうのにね)

自分にはこれくらいしか出来ないけれど。

「これでもう大丈夫だと思うわ。怪我自体を治しているわけではないので、無理は禁物だけれど」

「ありがとうございます！」

「っ」

頬を染めてまっすぐ見上げる青い目に、ペコラは撃ち抜かれた。

(か、可愛い！)

キュンとする胸を押さえる。にやけた顔で、目の前の頭をよしよしと撫でた。

——可愛い。

そこでまたリベリオの声が聞こえてきた。だが今回ばかりは同意だ。

(そうです、ニナちゃん可愛いですよね！)

——あぁぁあペコラ様、早く食べごろになってくれないかな……

違った。こんな可愛いニナを前にして、なぜペコラをまだ注視しているのだろう。その後も次々と聞こえてくる声に震えていると父親がペコラの手を取った。

「巫子様、ありがとうございます！　この礼は必ず」

ピシャ！　ゴロゴロゴロ。

その時、突然外で雷の音が響いた。突然のことにびっくりして外を見ると、星空がみるみる暗雲に覆《おお》われ大粒の雨が窓を叩く。立て続けに稲光が空を駆けた。あっという間のどしゃぶりに村人たちが慌てて家に戻っていくようすを見ていた父親が、雨戸を閉めた。

ペコラの隣に立っているリベリオが、そっぽを向きながら口を開いた。

「晴れていたのに急ですね」

「……そう、ですね」

ペコラは静かな寝息を立てている母親の汗を拭いた。その間にも雷はゴロゴロと存在感を増していた。

(雷といえばリベリオさん……あの時、助けてくれたんだよね)

昼間、狼を襲った一撃は偶然とは思えない。

駆けつけたリベリオの表情、たくましい背中、それを思い出して――ペコラは知らず赤くなった頬を押さえた。


その夜はニナの父親の厚意で宿の一室に泊まることになった。今日はニナが夜の看病をするからゆっくりしてくださいと言われている。

(よかった、お母さんが元気になって)

あの後、施術のお礼だとニナの父親は一階部分の酒場で存分に腕を振るってくれた。鳥の丸焼きに牛の串焼き、魚の煮込みに山盛りのじゃがいも。どれもアツアツ出来立てでほっぺたが落ちそうなほど美味しかった。押し寄せた村人に王都のことを話したり皆で歌ったり踊ったり、お腹がいっぱいで楽しい時間になった。

（ニナちゃんも見つけられたし、後は六精霊の能力を確認して申請すればすぐ神殿に……あれ？）

寝間着に着替えたところで、はたと重要なことに気づく。

「そうすると話が変わっちゃう……？」

このままニナが巫子の修行を始めてしまうと、孤児で神殿に入る設定も、父の死による魔物に対する強い負の感情も生じない。

（じゃあ、何も言わずにこのまま……いやいや）

村人たちが魔物に殺されるかもしれないのをわかっていて放っておけない。腕を組んで唸《うな》りながら部屋の中を回る。

――キュ、キュキュキュキュ。

何かの遊びと思ったのかダンゴムシがその後ろをちょこちょこと追ってきた。三周ほどして結論を出した。

「よし、リベリオさんのためにも、世界のためにもやっぱりニナちゃんにはすぐ神殿に行ってもらおう！」

そして何としてもペコラは次の試験に合格し、ここの管轄《かんかつ》の神殿に配属してもらうのだ。たとえ不合格で巫子の資格をもらえなかったとしても、神殿の下働きくらいはさせてもらえるだろう。

もし今後、魔物の異変があった場合でも即座に警報を出せば大被害は防げる、はず。

「完璧な計画……！」

我ながら惚れ惚れする。ストーリーが変わってしまおうが構うものか。あくまで主軸は、六精霊やリベリオといちゃいちゃしながらニナが大聖女になるお話だ。

（それを見られないのはちょっと、かなり寂しいけれど……っ）

ダンゴムシを抱き上げる。

「二人で頑張ろうね、ダンゴムシくん！」

――キュウウ！

頼もしい返事をしてくれたダンゴムシを抱いてペコラはお日様の匂いのするベッドに潜《もぐ》り込んだ。

クッションに頭を預けると、一日の疲れもあって眠りはすぐに訪れた。

＊　＊　＊

月明かりが照らすベッドに、白い髪の愛らしい少女が眠っているのを確認してリベリオは部屋のドアを閉じた。

「……鍵もかけずに」

苦笑して、シャツにズボンだけを身につけた彼はベッドに手をつき、彼女が抱いているダンゴムシを苦々しい顔で取り上げる。それを丸めて無造作に床に投げて、ペコラのふわふわの髪を掻き上げた。

長い睫毛《まつげ》を伏せている彼女の体温と無防備なやわらかい肌に触れる。

「はぁ……」

シーツの上についた手。その爪が鋭く伸び、根元から黒く染まっていく。変化とともに浅黒い肌の色がじわりと滲《にじ》むように全身に広がった。

白い刺青《いれずみ》が浮き出て、濃紅の髪が鮮《あざ》やかな朱になり長く伸びる。瞳孔は蛇のような縦長。背中から、蝙蝠《こうもり》のような翼が生えた。

「……――」

異形のヒトの影を映すはずの壁には、巨大な竜のシルエットが現れていた。舌舐めずりをして、邪神は寝ているペコラの頬を手の甲でそっと撫でた。

「……ん」

気配に気づいたのかぼんやりと彼女は目を開けた。

「っ」

そこで上に覆《おお》いかぶさる邪神の姿を見て息を呑む。混乱したようすで周りを見る彼女に魔力を込めた声で囁《ささや》く。

「いつもの夢だ」

「……ゆ、め……？」

途端にとろりと瞼を下げるペコラの身体を抱き、腕の中に閉じ込めた。その白い首筋に顔を埋めた彼は口の端を上げた。

「ああ。けれど今日は少しお仕置きをしよう」

「おしおき……」

「そう」

酒場の主人が触れた愛らしい手を取って舐めた。

「ん、……っ」

「俺から黙って離れた上に、他の男に触らせたからな」

ゆっくりと指先を口に含んで舌でねぶる。ペコラが顔を真っ赤にするのを見ながら、指の側面を長い舌で愛撫して幾度も指の股を舐めた。

――指の一本だけ。それくらいなら構わないか。

躾《しつ》けるには痛みが一番だ。いつもの夢では効果が薄い。薬指に狙いを定めて口づけると、不穏さに気づいたのかカタカタ震えてペコラが首を振った。

「なに、を」

「お前の指を、食べてしまおうと思って」

ぶわっと、面白いほど彼女の毛が逆立った。

「お、美味しくないです……っ」

「そうか？　やってみないとわからんぞ」

もったいぶるように左手の薬指を口に入れて歯を立てる。造作なくそのまま食いちぎれる細さと、肉と血の味を想像してため息が出た。

——骨ごとか、肉だけ削《そ》ぐか、どうしようか。

「や、や……」

後ずさろうとするが、リベリオの腕の中にすっぽり収まる状況で逃げられるわけがない。その間に、肉に犬歯を少しずつ食い込ませる。

「……っやめてくださ……な、なんでも、するので……！」

その言葉に美味しい指から口を離す。それでも手首を掴む力はそのままに、顔を近づけて囁《ささや》いた。

「なんでも？」

ペコラがこくこくとうなずく。

「そうか。なら……」

邪神は口の端を歪《ゆが》め、ペコラに微笑んだ。

＊　＊　＊

翌朝、ベッドの上でペコラは落ち込んでいた。

（……邪神バージョンリベリオさんとのえっちな夢を見てしまった……）

色気たっぷりの邪神からあんなことやそんなことを……そのせいかやけに身体がだるい。そして抱いて寝たはずのダンゴムシがいないことに気づく。

寝ぼけて転がったのだろうか、床で丸まってすやすや寝ている姿を見つけて、抱き上げようと手を伸ばした。

「あれ？」

視線を下げたところで、左の胸元、心臓の位置に精霊の印が刻まれているのに気づく。なんとなくぱたぱたと手ではたいた。消えない。

「……え、なに、なんで」

手の甲には見慣れた印があるままだ。どこかで見たような新しい印を眺めて、思い出した。

（じゃ、邪神の……っ!?）

設定集で見た、邪神の愛し子の印だった。まだ寝ているダンゴムシをベッドに戻し、ペコラは慌てててリベリオが泊まる隣室の前に立った。

印のことを問いただそうとドアに向かって手を振り上げ——叩く寸前で止める。

待て。それを直接聞いたら、ペコラが彼の正体を知っていることがバレるのでは……

（危なぁあああああ！）

「あ、おはようございます！」

「ひっ」

そこに、ニナがマグカップの載ったお盆を持って階段をのぼってきた。小さく悲鳴がこぼれたが、廊下の窓から入る朝の光を浴びる美少女に、ペコラは状況も忘れて見惚《みと》れてしまった。

「おや、おはようございますペコラ様、よく眠れましたか？」

その後ろにはリベリオがついていた。こちらもキラキラした笑顔である。

（うぅうう尊い……！）

推しカップリングが画角に収まっている。状況を忘れてペコラは胸を押さえた。

「ペコラ様、これどうぞ」

「あ、ありがとう、……いただきます」

温かな湯気の立つ紅茶を有り難く受け取った。初夏とはいえ朝は冷えるので、砂糖がたっぷり入っているそれは寝起きの脳に染みた。

「甘くて美味しい」

「よかった。リベリオ様はそれ一口飲んで、甘すぎって文句を言うんだもの」

「ごほっ！　の、飲んだ……？　これを？」

「毒味です、念のため」

「べべべ別にそんなのいいのに……」

（どこ⁉　どこから飲んだの⁉）

咽《む》せながらリベリオの唇がついた箇所を震えつつ探す。いつもなら声がするタイミングなので完全に油断していた。

「いえ！　それでこそペコラ様の専属騎士ですから！」

「その通り」

いつの間に意気投合したのか、毒を疑われて不愉快に思っても当たり前なのにニナは嬉しそうに拳を握る。リベリオはしたり顔で同意した。

「だから専属では……っもうなんでもいいです！」

やけくそで紅茶を飲み干す。その、空《から》になったカップをリベリオが受け取った。

「それでいつ出発しますか？　認定試験も近いですし、早めに神殿に戻らないと」

「そうですね……」

「――ペコラ様」

ニナがお盆を胸に抱いて真剣な顔で手を組んだ。

「お願いがあります。私を、神殿に連れていってくださいませんか!?」

思わぬ申し出に目をパチクリする。それはまさに、どう彼女に伝えようか迷っていたことだ。

「下働きでもなんでもいいんです、ペコラ様とリベリオ様のお役に立てるならなんでも！」

「こらニナ、変なことを言って困らせるんじゃない！」

騒ぎを聞きつけた父親も階段を上がってきた。朝の仕込み途中だったのか、エプロンで拭いた手をニナの頭に置く。

「すみません、すっかりお二人のファンになったようで……朝からこう言って聞かないんですよ」

「だって……」

ニナが頬を膨らませる。そこでカタカタカタカタ、と建物が揺れ出した。突然のことに父親が訝《いぶか》しげに壁を見て、リベリオがそっとペコラを庇うように立つ。

「私……、……が」

ニナの声に呼応しているのか揺れが大きくなり、暴風が窓を揺らす。

（大地の精霊……と風の精霊の力……？）

彼女の感情に呼応して精霊が建物を揺さぶっているようだ。ちなみに大地の精霊はイケメンガテン系、風の精霊は可愛いショタ姿である。

「ニナちゃん！」

もう主人公であることを疑う余地はないだろう。ペコラは彼女の前にしゃがんだ。

「……本当に、神殿に来る？」

「うん」

真剣な、まっすぐな青い目が見上げてきてそこで震動がやんだ。それを確認して、ペコラはゆっくり立ち上がり父親に向き直った。

「ニナちゃんには六つの精霊がついています。その時がくれば、私なんかよりよほど能力のある巫子に——大聖女になるでしょう」

「えっ」

父親がペコラとニナを交互に見た。

「ね、お父さん、今はお母さんについていてあげて？」

「でもね、だから神殿に」

ペコラはそう言葉を続けた。じっとこちらを見る瞳を見つめ返す。

「神殿に入ったらそう帰省することは出来なくなるの。神官長様に報告はさせてもらうから、三ヶ月……早ければ一ヶ月で通達があると思う。それでは駄目？」

心を込めてそう諭《さと》すと、しばらくしてニナはうなずいた。

ニナの母を診《み》て、再会を約束して村を出たのは昼もとっくに過ぎた時間だった。

「またいつでもお立ち寄りください」

「すぐ行くから！　待っててくださいね！　無茶しないで！」

見送る二人は姿が見えなくなるまで手を振ってくれた。最寄りの神殿まで送ると言われたが丁重に断って、リベリオと二人で森の中の道を行く。

（神殿に戻ったら報告書を書いて、確認して……）

これからのことで頭がいっぱいで、朝の一大事をすっかり忘れていた。

「あれは本当の話ですか？」

「なにがですか？」

リベリオの問いにいつも通り返す。

「六精霊と大聖女」

「……ええ」

五年か六年後にきっとそうなる。ふわりと風が森の中を通って、心地よいそれに白い髪を揺らし、ペコラは目を閉じた。

「きっとリベリオさんはそんなニナちゃんを好きになりますね」

「……」

「リベリオさん？」

彼が足を止めたので、数歩進んだペコラは振り返った。

「なりませんよ」

「？」

「俺が好きなのはペコラ様だけですから」

「っそういう、冗談は……」

「――気づいてますよね？　俺の正体」

風が唐突にやんで、思わず口をつぐんだ……その一瞬が致命的だった。リベリオが一歩近づく。

「……な、何がですか」

彼がいつも通りだからすっかり油断して、いや考えないようにしていたのが裏目に出た。じりじりと距離を詰められて大きな手が胸元に添えられる。

邪神の、印があるところに。

「愛しています」

どうして、いつものように心の声が聞こえてこないのだろう。ペコラは青ざめて口をぱくぱく開けたり閉じたりした。

「そ、それは食材的な意味で……？」

「……」

「何か言ってください！」

無言でにっこり笑ったリベリオに悲鳴を上げる。堪《こら》えられなくて、胸元をぐっと開いて印を露出させた。

「わかりました！　百歩譲って知ってるのは認めますけど、これ、外してください。どどどどどうせ信者の方と、しがない見習いをいたぶるつもりで……っひ」

音もなく木のツルが伸びてきて、ペコラの手首に絡んだ。振り解く間もなくそれに腕を引かれて後ろにあった木に背中がぶつかる。木を巻き込むようにツルで後ろ手に拘束《こうそく》された。

「え、ええと？」

「そう、可愛く怯えないでくださいよ」

声はとても嬉しそうだ。逆光でリベリオの表情がわからない。ペコラの顔の横に彼は手をついた。

（ダンゴムシくん助けてぇえええええ！）

呼びかけるが反応はない。

「俺、以外の精霊に……」

ミシ、と嫌な音がして振り仰ぐと、黒く長く爪が伸びた手が木の幹に食い込んでいた。

（ひぃいいいぃぃいいいっ）

顔が近づく。真っ黒な顔の中で、瞳孔が縦に伸びた目だけが爛々《らんらん》と光っていた。荒い息を吐き、鋭く伸びた歯を覗かせて彼が嗤《わら》った。

「そんな顔を見たら、今すぐ食べたくなるでしょう？」

「た、食べても美味しくないかと……っ！」

「……はぁ」

半泣きになりながらプルプルしていると、目の前でリベリオの肌の色が変化した。身体もひとまわり大きくなり黒い羽が生える。瞬《まばた》きの間に邪神に変化したリベリオがペコラの頤《おとがい》を掴み、口を開いた。

「ペコラ」

「っ」

腰に響くような低い声——それを聞いた瞬間、身体に異変が起きた。

「……え」

ずくんと身体の奥がうずく。

「ペコラ」

「っと、あの、待って、くださ」

自分の感覚が信じられずに目を見開く。制止の声も構わず耳元で名前を何度も囁《ささや》かれるうちに足がガクガク震えて呼吸が荒くなり……最後に、耳を舐められながら吐息とともに呼ばれると。

「——……や、あっ……」

拘束《こうそく》されたままの身体がびくんと跳ねた。

(……うそ、なんで……)

性の知識はほとんどないが自分の身に起こったことがわかって、顔を赤くしたまま呆然とする。

ただ名前を呼ばれただけで達した、荒い息を吐くペコラにリベリオはくすりと笑った。その顔を見ていると夢で見た、ある光景が目の前に浮かんだ。

『あっ、ぁ』

暗い部屋の中で喘《あえ》ぐ自分の声が聞こえる
紗《しゃ》の天蓋《てんがい》がついたベッドで、邪神とまぐわいながら震えるペコラの耳に彼が唇を近づけた。

『いい子だ。まだ我慢出来るな』

『……あ、あ……っん』

ペコラの胸に刻まれた愛し子の印を撫でてリベリオが嗤《わら》っていた。小柄な身体には大きすぎる邪神の熱杭は、しかし淫夢《いんむ》の中では痛みなど感じない。ただ過ぎた快楽のまま揺さぶられてペコラは泣き出した。

『や、っ……イきた……っおねが』

『……は……おねだりは教えたろう？』

『っ、……』

吐息をこぼす邪神の言葉に、ペコラは奥まで突かれつつ手を彼の肩に置いた。

この夢から逃げられないのを知っている。扉を開けても出口はなくて、彼が満足するまで醒《さ》めない甘い悪夢だ。ペコラは、自ら口づけて舌を差し入れた。

『っ、ん、っ』

すぐに応じるように相手の長い舌が絡んで、喉の奥まで侵入する。あり得ない感覚に咽《む》せそうになり背中を反らすペコラの手首をシーツに押さえつけて、リベリオが突き上げる。

口の端から二人分の唾液が滴《したた》った。硬直してなにも出来ないペコラを彼は存分に犯した。

『ッ……ひ、ぁ、っ』

ようやく舌が抜けたところで腰を掴んで揺さぶられた。

弱いところはすでに知り尽くされていて、入口から子宮口までを容赦なく雄茎がえぐる。隘路《あいろ》を行き来する、目を塞ぎたくなるほど大きくグロテスクなそれに屈していく。

抽挿の度《たび》に肉がぶつかる音と、隠靡《いんび》な水音が響いた。自分が自分でなくなるような獣の交わりにペコラは喉を震わせた。

『……っひ、……んぅ、ん……っ』

『あぁ、もったいない』

快《こころよ》さに泣きながら喘《あえ》ぐ身体をベッドに押し潰して、リベリオが涙を舐めつつ腰を動かした。

『お願、もう……いっちゃう……』

素直に身体をよじるペコラを撫でて、リベリオは腕の中に閉じ込めた彼女へ何度も何度も名を囁《ささや》く。愛し子の印が熱を帯びて汗が噴き出した。

『ふ、ぅう……っう』

魂を縛る古《いにしえ》の呪法と知らないまま、限界というところで呼ばれる己の名に、ぴくんぴくんとペコラの身体が跳ねる。ありえないほど深部まで繋がったまま邪神の熱杭を締め上げた。

『……あ、っん、ん――ぅ――……っは……、あ……、待っ……いやぁ』

背をのけぞらせて、なかなか波が引かないまま腰をガクガク震わせるペコラに構わず、再び動き出した邪神の腕から逃れようともがいた。

『まだ、イッて……』

そこで腕を引かれて体勢が変わった。

ベッドにうつ伏せにされて、腕でがっちりと抱きしめられながら突かれる。背中に彼の厚い胸板を感じつつ、身をよじって這い出そうとするが叶わない。

『いって、る……っから、……止まっ……て、くださ――あ、あ』

人間の身で堪えられるはずがなく、快楽の渦《うず》に震えながら許しを乞うた。

彼の指が胸元に触れた。腰を動かしたまま愛しげに印をなぞり、膨らみかけの乳房がその手のひらの中で形を変える。押し潰しては先端を引っ張り、その度《たび》にびくびくと己の下で悶《もだ》える身体に邪神が満足げに吐息を漏《も》らした。

『あ……っ、あぅ……っ』

胸をいじられながら長い舌が耳に入った。性感帯を同時に刺激されて脳が焼き切れそうだ。ぐちゅぐちゅと接合部の水音が大きくなる。そのうち這い出そうとする力もなくなったペコラは、ただ道具のように犯された。その間も、印は熱を持ったまま。

『あぅ……あ、あ……っん、ぐ』

何の感情によるものか涙が止まらない。リベリオが腕の力を強めて、囁《ささや》いた。

『――――ペコラ』

その瞬間、彼女はビクッと身体を跳ねさせた。

『っ、や……なんで、――――』

名前を呼ばれるだけで再び快楽が込み上げてくる。目を見開いたペコラは浅い呼吸で喘《あえ》いだ。

『あ、っあぁ……っあ』

ペコラの頭など一掴みで握り潰してしまいそうな手が顔を覆《おお》う。

そしてリベリオがもう一度、名を口にすると。

『――――っ……』

声にならない声を上げて、ペコラは絶頂した。


白昼夢のようなそれを見て、ペコラは瞬《まばた》きをした。

(あ、……あ)

思い出した。もう数え切れないくらい夢の中で、目の前の男と交わったことを。

「な、なんであんなこと……」

問うと、目の前の邪神が眉をひそめ縦長の瞳孔をさらに細めた。

「したかったから以外に理由が？」

「――私の、意志が」

「ああ、ペコラも愉《たの》しんでいただろう。いつも初めは抵抗するのに最後には蕩《とろ》けて腰を振る姿は愛らしくて興が乗る」

「……ひど、い」

うつむく頤《おとがい》を持ち上げられた。今にも目から涙がこぼれそうなのが自分でもわかる。それを堪《こら》えて浅黒い肌のリベリオを睨むと、彼は唇を舐めた。

「やはりペコラは泣き顔が一番そそる」

「離してください！」

手首を締める植物を外そうともがくが、その間にもさらにツルが増えていった。もったいぶるように、足にもゆっくり絡みつく。

「もうママゴトは十分だろう？　神殿は見限ってそろそろこちらへ来い。どうせ試験には受からん」

「……や、やってみないとわからないじゃないですか！」

「やらずともわかる」

「そんな言い方……っ」

今までずっと試験に落ちる度《たび》に慰《なぐさ》めてくれていたのに、そんなふうに思っていたなんて。邪神とはいえひどすぎる。

「リ、……」

「ん？」

「……リベリオさんなんて……き」

瞬《まばた》きで涙が頬にこぼれる。後ろ手に縛られたまま、叫んだ。

「――嫌いです！」

(言ってしまった！)

モブが何を生意気なことを言っているのだろう。だがそれが偽《いつわ》りのない気持ちだった。

意地悪だ。食材としか思ってないくせに……愛している、とかも。

(こ、これで……凌辱《りょうじょく》エンド行き確定……！)

ガタガタ震えて目をつむったまま沙汰《さた》を待つ。ここで殺《バラ》されるか、魔物を呼んで喰わせるか。やがてくる痛みを待っていたが……いつまで経っても何も起きない。

「……？」

恐ろしさを堪《こら》えてペコラは片目だけちらりと開けて状況を確認した。

邪神が、目を見開いて固まっていた。

＊　＊　＊

初めて邪神――リベリオがペコラを見たのは、巫子見習いの任命式だった。

(微小な虫の精霊か)

ひと目見て、彼女を愛する精霊の気配を察する。すべての疫病《えきびょう》を請け負う彼にとっては眷族《けんぞく》のひとつでもあったが、いつも通り特段リベリオの興味を引くことはない。

絹の服に戸惑っているようすは純朴な村娘そのものだ。とある辺境の村で見出された、力も未熟な彼女を神殿は早々に巫子の下位ランクと判断した。

『神殿』は昔、愛し子たちが力を人の役に立てようと集結し、正神の名の下に組織を作ったことで始まった。

やがて大聖女と呼ばれたリーダーが力の使いすぎで死に、崇高《すうこう》な理念を掲《かか》げた初期メンバーが少なくなるにつれ、その有用性に目をつけた権力者が各地から同じような愛し子を集め始めた。

巫子は名誉という報酬で死ぬまで奉仕させられる。そこに集まる寄付金はすべて神殿に取り込まれ、一部の上層部が甘い汁をすすっていた。そうとも知らずこき使われる『巫子』とやらも、ニコニコと無害そうな顔をして搾取《さくしゅ》する上級神官の滑稽《こっけい》さも、彼の退屈をそれなりに満たした。

リベリオが神殿に入り込んでいるのはひとえに暇つぶしのため。腐敗と汚職が進んだ場所だ。彼にとっては居心地がいい。

一回り数十年。神官や、騎士に身を変え、時に人間の記憶を改ざんしつつの生活は、跪《ひざまず》かれ傅《かしず》かれ崇《あが》められるだけの邪神にとってはある意味新鮮だった。そのうち、巫子の選民意識が高まり、神殿は貴族や金持ちからの依頼を優先し始める。その過程で国の富める者はますます富み、もたないものはさらに貧しくなった。そうなれば当然、辛い現実を忘れようと神ではなく邪神に縋《すが》る者は多くなる。

彼の教義はひとつ。『好きなことを好きなだけ』。酒に溺れるのも、快楽に耽《ふけ》るのもいい、短すぎる人生を愉《たの》しむのに何の遠慮があるだろうか。

そんな数百年の日々に変化があったのは、ある巫子を筆頭にした退屈極まりない魔物の討伐隊に任命された時のことだ。その一団には新米見習いのペコラもいた。適当にリベリオも働いて、魔物を全滅させた後に開かれた祝宴の最中に、彼女はそっと席をはずした。

（ん？）

ご馳走もそのままに、彼女は討伐を終えた暗い森に入る。後を追ったリベリオがたどり着いたのは先ほど殺した魔物が累々《るいるい》と横たわり、すでに異臭が放たれているところ。

「……、……」

彼女はその前に跪《ひざまず》いて祈りを捧げる。わずかな月明かりのみの森の中で、その横顔はどこまでも静謐《せいひつ》で、美しく見えた。

ゆっくりと時間をかけて、魔物の身体はすべて土に還っていった。

「……何をしているのですか？」

「っ！」

声をかけると、完全に油断していたのか面白いぐらいにペコラが飛び上がった。そのようすがおかしく、彼は笑いを口の端に残しながら言った。

「魔物の遺骸なんて放っておけばいいでしょう」

もともと、人を間引くために彼がつくったオモチャだ。彼女は困ったように眉を下げて笑った。

「せめて、彼らの魂が家族の元へ帰れたらいいなって思って……」

魔物すらも気遣うその無垢《むく》の魂は——邪神の食指を動かした。神殿の矛盾に気づかないまま真面目に日々を過ごす彼女は、今では形骸化《けいがいか》している『貧しい者に向けた』奉仕に赴《おもむ》く。特異な少女。

気になって何かと話しかけた。

一度目の認定試験に力不足で落ちた時もリベリオはペコラを慰《なぐさ》めた。

「……私、やっぱりダメですね」

「そんなことはないですよ。次はきっとうまくいきます」

――あぁあ、うまそう……

涙が白い頬を伝う姿があまりに可愛くて、泣いている姿がぞくぞくするほど可哀想で美味しそうで。彼はその場で一口に喰らうのを堪《こら》えるのに苦労した。

(まだだ、今食べたらもったいない……)

時間が経てばこの子はもっと美味しくなる。泣いてる姿をまた見たくて、密かに眷族《けんぞく》であるダンゴムシ精霊の力の行使を制限した。

人間は、試験で何も出来ない彼女を責める。二回、三回と落ち続ける彼女を慰《なぐさ》めるのはリベリオの特権だった。

『大丈夫です、頑張ってください。ペコラ様なら出来ます』

妨害している張本人の言葉に、ペコラは毎回目に涙を浮かべて微笑んだ。食べてしまえばそれまでだ。おあずけをされて、待って、この子を我慢の限界で食べたらどれほど美味だろうか。

そう思っていた。

ペコラに嫌いと言われた邪神はその場で硬直していた。

――嫌い？

ペコラが、自分を。今まで彼女は誰に対してもそんなことを言わなかった。

――嫌いだと、どうなる……？

たかが人の子の戯《ざ》れ言《ごと》だ。一笑に付すことも不遜《ふそん》さを後悔させることも出来るのに、どちらも出来ずただ機能を停止して数分。

「あの……？」

小さく呼びかける声を聞いて彼はぎこちなく動き出した。邪神を忌避《きひ》するのは人間の本質で、嫌悪されることは慣れている。これまで人当たりのいい人間に化けている時に嫌われても特に気にしなかったし、目障りな場合は殺していた。

――……そうか、殺せばいいのか。

ようやくその結論に至った。

従順でない愛し子など必要ない。快楽に弱い好みの身体にした後でいささかもったいないが、言うことを聞くモノはこの世界に他にいくらでもいる。拘束《こうそく》されたままの、羊のような白い髪の少女に手を伸ばす。雰囲気が変わったのに気づいたのかペコラがびくりと身体を震わせた。

――いくらでも代わりは……

細い首に触れ、血管に狙いを定めた。爪の先でそこをひと撫ですればそれで終わりだ。噴き出す血を全身に浴びて、啜《すす》って、一滴残らず取り込んで忘れてしまえばいい。

ポツ、ポツとそこで雨が降り出した。すぐにどしゃぶりになるが、二人がいる枝葉を広げた樹の下にはそう雨粒は届かない。

「……」

その音を聞きながら彼はそっとペコラの首から手を離して幹に肘をついた。目の前の温かい身体に身を寄せて、いい匂いの髪に顔を埋める。

……なんだろう、すごく、胸が苦しい。

「す、するなら、……っはやく一思いにしてもらえると」

「もう一度」

リベリオと木に挟まれて震えているペコラに言った。

「もう一度、俺への感情を言ってくれないか」

それを聞いて、ペコラは視線をそらせた。

「……嫌い、……です」

「そうか」

やがて静かに嗚咽《おえつ》が聞こえて、リベリオがペコラの顔を覗き込むと、彼女は大きな目に涙を浮かべこちらを見た。

ペコラの泣き顔が好きだ。愛らしい顔を歪《ゆが》めて透明な雫《しずく》をこぼす様を見ていると、眼球ごと口に入れてしまいたい気持ちになる。だが……今のペコラの泣き顔はどうも好みではない。

「泣くな」

「泣いてないです、雨です」

減らず口を叩いてひっくひっくとしゃくり上げる。その涙を指で拭《ぬぐ》った。

「俺が悪かったから、泣くな」

「拘束《こうそく》したまま言う台詞《せりふ》ですか……っ」

いまだに彼女の手首や足にはツタが絡みついていた。

「解放したら逃げるだろう」

「当たり前です。近寄らないでください。私の代わりは、いくらでも……」

声が小さくなって消える。そのまま無言の時間が流れた。

面倒な状況に至っても彼女を排除しようという感情は生まれてこない。この心の機微は、彼が今まで感じたことのないもの。退屈の中に埋もれていた好奇心がわずかに顔を出した。

「……どうしたら泣きやむ」

「まず、これを外してください」

要求に息を吐いてツタを枯らし、解放した。ツタが擦れて赤くなった手首を撫でた彼女は弱い力でリベリオを押しのけ、すんすん泣きながら雨の森を歩き出す。すぐにずぶ濡れになった彼女を追った。

「風邪をひく」

「じゃあ雨をやませたらいいじゃないですか」

そう言われても、うまく力が働かない。どうしようもなく降り注ぐ雨の中を並んで歩いて、しばらくして彼女は口を開いた。

「夢に勝手に引っ張り込むのはやめてください」

「……」

「返事は」

「……――わかった」

そこでペコラは少し身体の力を抜いた。歩みが遅くなる。

「他は」

「名前呼ぶの禁止です」

「……、……あぁ」

「あと……」

愛し子の印を外してくれ、だろうか。せっかくつけたそれを名残惜《なごりお》しく見ていると、ペコラがフードを被った。

「もう、いいです……なんでも」

聞こえるか聞こえないかくらいの小さな声。表情はうかがえないが彼女の口はへの字に結ばれていた。

少しだけ雨の勢いがおさまったが神殿まではまだ遠い。途中で、ペコラが腕をさすったのを見てリベリオはそっと彼女を抱き上げた。抵抗されないことに安堵しつつ近くにある大樹の下に寄る。

落ちている枯れ木に指先を向けて火をつけ、その前に彼女を座らせた。

ペコラは何も言わない。その身体に後ろから腕を回すと、ぴくりと反応した。

「まだ嫌いか」

「……はい」

泣きやんだだけよしとするべきだろうか。わけのわからない胸の痛みはそのまま、胴に回した腕に力を込めて強く抱きしめ、加減した熱風で彼女の服を乾かす。

「あ、ありがとうございま……」

律儀に礼を言う彼女の、寒さでまだ震える手をとって指をからめた。その白い手首についている痛々しい痣《あざ》に口づける。

「悪かった」

拒絶するような動作はない。そのまま、赤くなった眦《まなじり》やこめかみに唇をつけやわらかい頬にすり寄って吐息をこぼした。夢でさんざんむさぼった身体は、現実では乙女のまま。

——嫌いと言いながら泣くペコラを犯すのも愉《たの》しそうだが。

「ひっ」

心の呟きが聞こえてしまったらしい。せっかく腕に抱いたペコラが離れてしまう。

「冗談だ」

「……そ、そうは思えませんが！」

愛し子の印をつけているため繋がりが深くなり、意思が伝わりやすくなっているようだ。

そもそも印をつけたのが初めてなので、加減がまだよくわからない。ちょっと離れたところで子猫のように警戒するペコラを見ながら、邪神はあぐらをかいた膝に頬杖をついた。

第三章　巫子認定試験

いろいろなことがあった辺境から王都に帰ってきて一週間。認定試験を数日後にひかえ、ペコラは巫子見習いのための建物の一室で植木鉢を抱えてうなっていた。

「……試験……大丈夫かなぁ」

すごい力を持った子がいる、とニナのことを報告したところ半信半疑で動き出した上層部は――検査の結果、彼女が六つの精霊の愛し子とわかって大騒ぎしていた。

まだ力がすべて現れているわけではないが、早急に神殿に迎えなければと慌ただしく準備が整えられている。今も女官が廊下をパタパタと忙しそうに走っていった。

「あら、落ちこぼれが暇そうね」

そこでエカテリーナに声をかけられた。

「神殿もいつまでこんな目障りなお荷物を置いておく気なのかしら」

「そうなんですよね……」

「またどうせ不合格なのだから、自分から去ったほうが身のためよ」

「そういう言い方はどうかと思いますよ」

そこでリベリオが間に入った。その顔を見てエカテリーナが綺麗な顔を歪《ゆが》める。

「なんですの……せっかく、私の専属にしてあげようと思っていたのに、そんな子を選んで」

「俺はペコラ様に首ったけですから」

「リベリオさんを専属にしたつもりはないんですけど……」

既成事実を作ろうとするリベリオに、何度目かわからない訂正を入れる。

「覚えてなさい！」

エカテリーナが肩をいからせて去っていくのを取り巻きが追っていった。それを眺めていると、リベリオが眉間にしわを寄せて口を開いた。

「……あれは嫌いじゃないんですか？」

「あの性格は彼女の精霊の力を利用するために周りがちやほやしてきたからで……自分よりすごい子《ニナ》が出て戸惑っているだけのことなんです」

生前の、考察班によるライバル・エカテリーナの心の揺れは履修《りしゅう》済みだ。

「……俺のことは」

「嫌いです」

「ぐっ……」

リベリオが胸元を押さえた。なんだかことあるごとに聞かれるので、もうこのやりとりに慣れてしまった。

「はぁ、堪《たま》らない……っ」

でも自分から振っておいて毎回嬉しそうなのが心配だ。

たぶん、あれ以来淫夢《いんむ》も見ていない。約束を守ってくれているのだろう、と思えば邪神の性癖を知らない、元来お人好しなペコラの怒りも持続しなかった。それに今は大事なことが目の前にある。

「……ダンゴムシくん、どうして神殿にいる時は静かなのかなぁ」

膝の上の植木鉢を机に置いて眺める。精霊のダンゴムシはくるんと丸まったままだ。テーブルの向かいに座ったリベリオがその黒い身体をつついた。

「さぁ？　ああ、ペコラ様がおねだりしてくれるなら、俺が力を貸すのはやぶさかではありませんが」

「……リベリオさんが」

「ようは奇跡を見せつければいいんでしょう。一瞬で評議席の連中をミイラにするか、講堂に雷か隕石を落として半壊させるかどちらがいいですか？」

「やっぱり地道に腕を磨いていくしかないですね」

必殺・聞かなかったフリ。

リベリオの心の声のせいで培《つちか》われたこの技術が役に立つとは思わなかった。下手にリアクションすると喜ぶので、これが一番いい距離感だ。彼もスルーされるのを特に気にしていないようだった。

「俺としては、巫子はオススメしません」

頭の上で腕を組んで、リベリオが椅子にもたれる。

「死ぬまで誰かのために奉仕するなんて馬鹿らしい。それより自分の力を愉《たの》しいことに使ったほうが有意義では？」

邪神らしい考え方だ。植木鉢で小さくうずくまっているダンゴムシを見る。

「でも、リベリオさんは私のために力を使ってくれようとしてるんですね」

「俺の愛し子ですからね」

ふいと視線をそらす。雨の森で、なんでも言うことを聞くと言われたあの時、ペコラは印を消してほしいと言えなかった。

それは心の声で代わりはいると言っておいてペコラを殺さず、らしからぬご機嫌とりをする彼のようすに……自分が、あの邪神の『特別』な気がして、嬉しかったから。

(ううん、リベリオさんはニナちゃんを好きになるんだから……っ、モブが何を期待しているの！)

ぺしぺしと頬を叩いて、ふと、ゲームの中でリベリオはニナに愛し子の印を刻まなかったことを思い出す。

(設定集には載っていたから、設定だけはあったのかな)

ペコラはちらりと自分の胸元を見下ろした。


認定試験はペコラ含めて三名の巫子見習いが受けることになった。

精霊によって出来ることは違う。円形の講堂の中央には植物や、水や蝶やそれぞれの精霊の奇跡を魅《み》せるにふさわしいものが用意されていた。試験は王侯貴族向けのエンタテイメントにもなっていて大勢の観覧者が見守っている。前の二人が素晴らしい奇跡を見せる中、やはりこの時になると気持ちが重くなった。

(少しだけでも、リベリオさんに頼んだらよかったのか、……いやいや)

大惨事が目に見えている以上、安易にお願いするわけにもいかない。それに、お願いしたら引き替えにいろいろ要求されそうな予感がした。

(ダンゴムシくん、前の試験では全く応答がなかったし……、土の下が好きなだけあってやっぱり光がまぶしいのかな)

講堂の上部は開けていて、さんさんと太陽の光が降り注いでいる。ということで今回は上にかぶせる黒い布を用意してみた。

「では最後にペコラ・ハーパーの試験を……」

「お待ちください！　私にもこの試験を受けさせてください！」

ずいとエカテリーナがペコラを押しのけて前に出た。彼女を見て、進行役が片眉を上げる。

「君は神殿に入ったばかりだろう」

「いいえ。巫子教育などまどろっこしいことをしていられませんわ。私の力は神殿にとって有益なものだとここで証明してみせます！」

エカテリーナの合図で彼女付きの女官が大きな鉢植えを持ってきた。そこには葉のついていない木が植わっていて、優雅に一礼したエカテリーナが鉢植えに手を翳《かざ》すと――見る間にひと抱えもあるような大輪の花が咲いた。周りを光の精霊が舞う。その美しさに観客たちがほうと息をついた。

「これは、親愛なる国王陛下に献上したく存じます」

咲いた花が陛下の元へ運ばれる光景にペコラは、ぽんと手を打つ。

(この光景、見たことある……！)

たしかあの花は数十年に一度しか咲かないもの。日輪を思わせるその鮮《あざ》やかな花弁が開けば、国の吉兆とも言われている。余興を受けて試験を見にきていた国王は満足げにうなずいた。

陛下の健康と国の安寧を願い、観客全員が立ち上がって拍手し、場の話題は一気にエカテリーナに集まった。ゲームではニナが六精霊に励《はげ》まされながらそれ以上のパフォーマンスを見せていたけれど……

(こ、この状態で出ろと)

さっそうと踵《きびす》を返したエカテリーナは、ペコラの横を通り過ぎる時にドンと肩をぶつけた。

「では、ペコラ・ハーパー。土にいる虫の精霊の愛し子として、力を証明しなさい」

「……はい」

咳払いで場の静粛を訴えた進行役の言葉によろよろと前に出ると、あちこちで笑いが起きる。試験に落ち続けているペコラのことを知っている観客は多い。

ふと、会場の端でリベリオが腕を組んでこちらを見ているのが見えた。騎士姿の精悍《せいかん》な青年から無理やり顔を背《そむ》けて、目の前のテーブルにある枯れ葉の上に黒い布を被せ、ダンゴムシに呼びかけた。

(お願い、力を貸して……!)

けれどやはり、何の変化も起きない。

そのまま、針の筵《むしろ》のような時間が流れる。最後の希望を込めて布を取り払うが、やはりなんら変わりがない。

「……なぁに、あれ」

初めは静かにようすをうかがっていた観客の一人が声を上げた。それから次々に笑い声が上がる中、ペコラはその場に立ち尽くす。

エカテリーナとの実力の差に、嘲《あざけ》りの対象を得て場が歓喜する。

やっぱりペコラは落ちこぼれだ。出来損ないのモブ。嘲笑を受け、震えながらそれでもペコラは頭を下げた。そのまま場を去ろうと踵《きびす》を返したところで。

――はぁ。

低いため息が聞こえた。

――……俺以外が嗤《わら》うのは、気に喰わん。

「っ」

その瞬間、火傷《やけど》しそうなほど手の甲が熱くなった。

次いで床の隙間からおびただしい数の小さな虫が溢《あふ》れ出る。会場中の者に群《むら》がる彼らに悲鳴がわき上がり、目の前の葉っぱは一瞬で分解されて――足りなかったのか先ほどエカテリーナが咲かせた花に殺到した。

「待って、やめて！」

慌てて叫んだが時すでに遅く、吉兆の花は半分ほど食いつくされて生き物たちは瞬《まばた》きの間に地面に戻った。

「……え？」

全員、狐につままれたような顔をする。一番びっくりしたのはペコラだ。

（な、なに……なんで）

ジンジンと痛む手を擦《さす》った。

「ちょっと！」

肩を思い切り引かれて、思わず尻餅をついた。目をつり上げたエカテリーナが金切り声で叫び、ペコラの胸元を掴んで手で頬を強く打つ。

「なんのつもりよ、私がせっかく咲かせてあげた花を台無しにして！　役立たずの虫の巫子がいい気になるんじゃやな――」

エカテリーナがそこで動きを止めた。

「あ、ぁ」

目を見開いて荒く呼吸する美しい彼女の顔にどす黒いシミと噴き出物が出来る。それがみるみるうちに首や腕にも広がって、再び会場はパニックになった。

我先にと観客が逃げていく。ペコラは地面に倒れて苦しげにもがくエカテリーナを助け起こした。

「つぐ、……ぁぁあくるしい……っ」

（邪神の力……！）

青ざめた顔でリベリオを振り仰ぐと、彼は何の表情も浮かべずにこちらを見ていた。

その、彼の背後の壁には竜の影法師が踊っている。出口に向かう人間たちはそれに気づいていないようだ。

（ど、どうしたら）

今や彼女の黒いシミと、噴き出物から成長した水疱《すいほう》は半身に広がっている。それに呼応するように、凍えるほど冷たい風が講堂を吹き荒れ始めた。

これはペコラを助けるためにリベリオがしていること、それくらいはわかった。

(やめてください!)

心の中で彼に呼びかける。けれどいつもと違ってうまく波長が合わない。その間もエカテリーナの侵食は止まらないまま。

「つう、うぅ」

「やめて……っ」

呻《うめ》くしか出来ないエカテリーナを抱きよせる。このままだと彼女が死んでしまう。そうなったら……

(――私、リベリオさんを本当に嫌いになりたくないんです!)

「ペコラ様!」

そこで、ふわりとした温かい風が通った。巫子見習いのマントを翻《ひるがえ》した幼い少女がペコラの前にしゃがむ。

「……あり、呼吸……、反応」

てきぱきとようすを確認した彼女は、凛《りん》とした青い目でペコラを見た。その意志の強さを秘めた目は、はっと息を呑むほど大人びた印象を与える。

ペコラは彼女の名前を呼んだ。

「ニナ……ちゃん？」

「ペコラ様、ここは私がなんとかするので、リベリオ様のところに」

「え……」

ニナが地面に横たえたエカテリーナに手を翳《かざ》すと光がこぼれ出て、黒いシミの拡大するスピードがわずかに落ちた。

「光の精霊の治癒もあまり長くはもちません……っ、急いでいただけると……！」

「でも、……どうすれば」

ペコラではどうせ何も出来ない。

「したいように」

少女は微笑んだ。

「もう、何も我慢しなくていいんですよ。何を遠慮してるんですか！　早く！」

「……っ」

強い言葉に弾かれたように走り出す。リベリオがいるのは中央の舞台からつながる客席。階段を一足飛びに駆け上がった。こんな状況なのに身体が軽い。

（そういえば、前世では走るのも禁止されていたっけ）

遠出も出来なかった。

雨でずぶ濡れになったり、ましてや街中であんなに人と触れ合ったりすることも。

（私、もうなんでもしていいんだ……！）

ようやくそのことに気づく。

「リベリオさん！」

エカテリーナを冷たく見下ろすリベリオの腕を引く。

「落ち着いてください！　叩かれたけどなんともないですし」

いまだにジンジン痛んでいるがそれは置いておいて。ちらりと後ろを見る。まだ、侵食は止まらない。必死にそれを食い止めるニナの手にも黒いシミが広がり始めていた。

（ええと、……っ）

とにかくリベリオの注意を逸《そ》らさなければ。やけくそ気味に背を伸ばしてその頬に触れる。目だけ本性の邪神に戻っているのを見ながらペコラは――顔を近づけて、唇を触れ合わせた。

「……リベリオさん？」

ぎこちないキスを離すと、リベリオがペコラを冷たい目で見る。まだ風は吹きやまない。

「……っ」

覚悟を決めた。

「やめてくれるなら、……な、撫でて食べて○○□□××して……いいので……っ」

いつぞや聞いた隠語を、ニナには聞こえないように叫ぶ。

その途端に風がやんで、リベリオが瞬《まばた》きをしてペコラに向き直る。

「○○□□××して……？」

「は、はい……」

「ペコラ様が？」

「ええと」

「ほんとうに？」

「そうですけど⁉」

何度も確認されて恥ずかしいがうなずく。

中央を見るとニナが尻餅をついて息を吐いていた。エカテリーナとニナの侵食が収まり、みるみるうちにかさぶたになって剥《は》がれ落ちる。終わってみれば、目をつむるエカテリーナの顔は元の状態になっていた。

「よかった……、っ」

リベリオを見上げて、ペコラは息を呑んだ。

「……」

そこには真っ赤になった顔を手で覆《おお》うリベリオの姿があった。

「あー……ちょっと、うまく身体の機能が働いてないので、今は見ないでいただけると」

ふいをつかれたペコラから彼は視線を逸《そ》らしたが、ついその表情をうかがってしまう。

（……可愛い……）

「ニナ様！」

講堂に女官たちが入ってきた。

「皆さん」

「走っていかれるから何事かと！　試験会場に邪神が入り込んだとか」

どうやらニナのお付きのようだ。六精霊の愛し子は長い歴史でも初のことで、完全保護体制が出来ているらしい。

「ですが、さすがニナ様。お一人で撃退されたのですね」

「違いますよ」

お付きの女官や、事態の収拾に赴《おもむ》いた神官や騎士にニナは首を振る。

「私はお手伝いをさせてもらっただけで、ことをおさめたのは全部ペコラ様のお力です」

彼らの視線が席上にいるペコラに集まる。むろん万年落ちこぼれ巫子の力だと言われても誰も信じられず、皆が戸惑ったように視線を見合わせた。

約束通りすぐに再会を果たした少女は、そのようすも気にせずペコラに微笑んだ。


突然の邪神の襲撃に神殿は慌てふためいていたが、それ以上何も起こらないと確認をすると次第に落ち着きを取り戻した。気を失ったエカテリーナが救護室に運ばれる間も、リベリオは何事もない顔でペコラの近くに立っていた。

（勢いに任せてとんでもないことを言ってしまった……）

気が急《せ》いていたとはいえ、要約すると、アレを口で奉仕する的な。しかも食べられる条件つき。

（指……っ一本で許してもらえるかな……！）

リベリオの動向をうかがうが、すぐ行動を起こしそうな雰囲気はない。それどころかいつもよりぼんやりしているようにも見える。そして、おそらくリベリオの正体を知っているニナもしれっとした顔をしていた。

「命に別状はなさそうです。アレが全身に広がっていたらどうなっていたかわかりませんでしたが」

「……よかった」

医師の言葉にほっとペコラが息を吐いた。そこで神官長――この神殿で一番偉い人がやって来た。太った身体を神官服に無理やり押し込んだ彼は、ペコラなど眼中にないようすでニナとリベリオを見た。

「ニナ様がご無事でよかった。邪神が急に神殿に現れた意味はわかりませんが……」

額の汗を拭きながら彼は言った。

「ニナ様はいずれこの国の宝になる。いや、すでに宝です。そこでその護衛を、信頼の出来る神官騎士にお願いしたい」

キタ。

六精霊に愛された愛し子、その護衛の精悍《せいかん》な騎士リベリオ。確かにゲームのストーリーでも、初めはこうやって神官長からの指名だった。表面上明るいが過去に忘れられない人がいるリベリオは、その人に似たニナに会い、心の傷が癒《いや》され……

(忘れられない人……誰だっけ？　とにかくそこから二人は少しずつ心を寄せ合い、愛を)

「は？」

「あ？」

胸にわずかな痛みを感じたところで、ドスの利いた二重の重低音が部屋に響いた。

「――俺をペコラ様の専属から外すと」

「別に専属では……」

「ペコラ様とリベリオ様お二人がそろっている状況が尊いのですけれど」

「私よりニナちゃんの……」

「「ペコラ様は黙っててください！」」

「はい！」

怒られた。

「さぁもう一度言ってもらおうか。何がどうするって？」

リベリオが腰の剣に手をやる。

「神官長ともあろうお方がそんな愚かな判断を下すなんて」

冷たい表情でニナが手のひらに風の刃を出現させた。

「あわ、あわわわわわ」

「待って！　わかった、わかりました！　リベリオさんを専属にしますから！」

二人に詰め寄られ、泡を吹いて今にも倒れそうな神官長の前に入って、ついにペコラは宣言させられることになったのだった。

試験日にかかわらず毎日ある、夜のお勤めを終えてペコラは自室に向かう。

（い、いろいろあって疲れた……）

落ちこぼれペコラの部屋は一番端だ。早くベッドに潜《もぐ》り込みたいと片手にランプ、片手に植木鉢を持って静かな神殿の廊下を歩く。

「でも今日はありがとう。元気になってよかった」

――キュ、キュウ。

植木鉢に乗るダンゴムシに声をかけると、彼は元気そうに飛び跳ねて――ビクッと大きく震えた。

――キュ、キュウウ……

「どうかした？」

丸く小さくなってダンゴムシが姿を消してしまった。そのようすに首を傾げたところで、廊下の先の窓辺に軽く背をつけるリベリオがいることに気づいた。

「ペコラ様」

姿勢を正して近づいてくるその精悍《せいかん》な表情に、鎧《よろい》を纏《まと》った体躯に、真剣な目に射貫《いぬ》かれてペコラは動きを止めた。

今日の騒ぎは一歩間違えば大変なことになっていた。けれど同時に、彼ならきっと話したらわかってくれるのではないかと信じている自分がいたのだ。

ニナと対立する人類の敵。この世の災厄である邪神が、ペコラの気持ちを聞き入れて力の行使を弱めてくれた……それがなんだかとても嬉しくて、胸元の愛し子の印を服の上から握る。

（推し、尊い……）

そうこうしている間にリベリオが目の前に立った。

「ペコラ様……その」

ペコラの手にあるランプと植木鉢を受け取りつつ、彼が眉を八の字にした。

「早速なんですが○○□□××する件で」

早足にその場を去る。すぐにリベリオが追いついてきた。

「ちょ、約束を破るんですか⁉」

「前から思っていましたけど、リベリオさん情緒がなさすぎです！」

「情緒……？　でも俺、昼からずっと楽しみにしてたんですけど！　ソワソワするし勝手に下半身が反応するからまともにペコラ様の顔を見られないし」

「……っわかってます」

ペコラは足を止めた。

「や、約束ですから……」


自室に戻る。

リベリオは人間の姿だ。鎧《よろい》を脱いでラフなシャツとズボンを着た彼は、ベッドでペコラを後ろから抱きしめ、にこにこしている。

「……た、食べるのは指一本で許してもらえますか……っ」

まさに生贄《いけにえ》の羊気分。カタカタ震えながら手を差し出すと、パクッと薬指を咥えられた。

「今はどっちかというと、ペコラ様に食べてもらいたい気分です」

口が離れて、指は無傷で戻ってくる。

「美味しいですけど……」

「ひっ」

「――――」

背中に軽く当たる彼のモノを意識した。夢での記憶は少しだけ蘇《よみがえ》っている。その中では言われるがまま、あんなプレイやこんな体位をしていたが、もちろん現実世界では初めてだ。……多分。

「口で、だけですよね……？」

「ええ」

唾を呑み込んで向かい合い、彼のズボンの前をくつろげると、途端にボロンとブツが目の前に現れる。半立ちのそれはさすがに現実世界では圧倒的な存在感。

（……えい！）

気合を入れてそれを手で持った。少し舌を出して先端を舐める。

「……っん」

しょっぱい味はするが変な匂いはしない。それにちょっとほっとして唇を移動させた。

血管に沿ってゆっくりと裏筋を舐めながら、手で根元を擦った。カリの部分まで到達したところで覚悟を決めて口の中に入れる。

「っは、ふぁ」

思い切りが足りなくて先端しか入らない。それでも舌で天頂部を舐めて鈴口を舌で掻き分けた。

「……っ、んん」

ちらりとリベリオを見ると、無表情で見下ろしていた。

ヘッドボードに背をついた彼はこういうことをされるのに慣れているのが見て取れる。

(これで、いいのかな……?)

ふと心の声は聞こえないだろうかと思いついた。波長を、口と手を動かしながら探れば。

——あぁ、ちっちゃい口。夢ではさんざん蕩《とろ》けさせてようやくしてくれるのに一生懸命奉仕して……もうずっとこうして愛らしい唇を見て視姦し……

「ううぅ」

回路を切った。滝のように押し寄せる言葉の奔流《ほんりゅう》に当てられて、さすがに熱杭から口を離して呻《うめ》く。

「ペコラ様?」

リベリオは表面上は変わりがない。それに……多少、対抗心が湧いた。ズボンと下着を脱いで、ヘッドボードに手をつく。

「ん?」

固く閉じた蜜口に、少しの愛撫で立ち上がった屹立《きつりつ》をこすりつけた。

「っ」

これはさすがに予想外だったのか、リベリオが息を呑む。恥ずかしくて顔を上げられないまま、腰を振った。

「……っは……、え？　あの」

「だ、黙っててください」

水音が大きくなる。先走りの液とペコラの愛液が混ざって太腿を伝い落ちた。

「っ、ん……あぅ……、っは……」

時折蕾《つぼみ》が擦れて、声を上げてしまう。しばらく固まっていたリベリオがペコラを抱きしめた。途端にまた声が流れてくる。

——俺のを小さくして腰を掴んで突き上げたら入りそう……

不穏な声にピタリとペコラは動きを止めた。

「……形、もしかして変えられたりします……？」

「え？　ええ。この身体自体、仮のものですし……なんならもっと大きくしたりとか、あちこちに突起をつけたり二叉も出来ますよ。試してみます？」

「いいです」

ふるふると首を振る。

ただでさえ醜悪《しゅうあく》なそれに、あちこちにビー玉みたいな突起をつけた状態で犯された光景を思い出してしまった。弱いところを一度にえぐられ二往復で達するほど凶悪で……さんざん虐《いじ》められて使わないでと泣いて訴えたような。

それ以来、確か夢では登場しなかった。

「約束、守ってくれたんですね」

「嘘も管轄《かんかつ》なので、他の精霊とは縛りが違うんですけど、……ペコラ様に嫌われたくないので」

「……」

「今も嫌いですか？」

「……きらい」

いつもの癖でそう言うと、足の間のものが震えて一回り大きくなった。

「も、もしかしてそういう性癖……っ」

「いやこれは、……嫌いと言いつつこんなことをする姿に興奮しているだけで」

「やっぱり性癖じゃないですか！　……っ」

腰を掴まれてベッドに背中をつく。ただすり合わせるだけで腰が抜けそうなのを見抜かれていたらしい。

「ペコラ様だけですよ。他の奴なら殺してます」

リベリオが覆《おお》いかぶさり、的確に弱い蕾《つぼみ》を雄茎と擦り合わせた。たまにわざと媚肉《びにく》のひだを掻き分けて入口を先端で突く。

「待っ」

「ほら、存分に言ってください」

「……っ」

「いいんですか？　……嫌いな奴にこんなことされて」

リベリオを見る。

嫌いになりたくないからペコラは試験会場でリベリオを止めた。今も「やめて」と言ったら行為をやめてくれるだろうか。

(ううん)

これはやめてほしくない。リベリオの熱が少ないながらも蜜をこぼす場所に触れる度《たび》に、もどかしさに呼吸が荒くなった。もしペコラが拒絶すれば、別の巫子のところに行ってしまうのだろうか。

(それは、やだな)

誰にも渡したくない、自分の気持ちを初めて自覚する。小さくて自信がなくて、邪神を前に震えているけれど、これは確かに独占欲の芽だ。

(ごめんなさい、ニナちゃん)

渡したくないのは正ヒロインである彼女にも。この結果何が起きるのか……恐ろしいバッドエンドを迎えるかもしれないがそれでもいい。

恋心を自覚した瞬間に食べられるのはちょっと切ないけれど。

「――もうあんなことしないでもらえますか」

「あんなこと?」

「エカテリーナさんの、あんな……」

どす黒いアザと肌に浮かぶ水疱《すいほう》を思い出す。

「いいですよ」

「?」

「ペコラ様がしないでほしいというなら、まぁ」

「……いいんですか？」

信じられない気持ちで見つめ返す。てっきり苦笑されて終わるかと思っていた。

「ええ。その代わり、ちゃんとこの身体で俺の性《さが》を鎮《しず》めてくれるなら」

ペコラの頬に口づけて、リベリオが屹立《きつりつ》を中に押し入れようとする。夢とは違って引きつるような痛みに腰を跳ねさせると、無理はせずまた緩やかな熱の擦り合いになった。

「ん、……っ」

リベリオの肩に手を置いてペコラは喘《あえ》いだ。快楽を知っている身体が勝手に腰を振る。

その背をさする彼が目を閉じた。とんとんと規則的にリベリオの腰が揺れて――下腹部に熱がこぼれる感覚がした。

（え）

「……はぁ」

先に達した彼が身体を起こす。

熱がこもったままのペコラをそのままに、彼女の腹や足についた白濁を拭《ぬぐ》った。

「俺が達したので終わりですね」

そう爽《さわ》やかに言って彼は頬を撫でた。

「そ、そうです、ね……？」

ペコラは、中途半端《はんぱ》な刺激で濡れた足をすり合わせた。

（終わりなんだ、……って、何事もなくてよかった！）

物足りなく思う自分に混乱している間に、シャツを脱いでペコラの膝に手を置いた彼が、微笑む。

「お返しに」

「――！」

見る間に褐色肌《かっしょくはだ》の邪神になったリベリオが舌を出す。人間ではありえない長さのそれを見せびらかしつつ、ペコラの足を彼の手がゆっくりと開いた。

もったいぶるように足の間、すでに濡れている入口のひだをリベリオの長い舌で掻き分けられて
ペコラは「ひっ」と悲鳴を上げた。

「っお、お返しいいです……お気になさらず！」

「誠意には誠意をもって返すのが精霊なので」

「あなた邪神じゃないですか！」

真っ赤な顔で叫ぶ。ペコラの足を掴むリベリオはそんな文句は耳に入っていないようで、ちろちろと愛蕾《つぼみ》を舐められたかと思うと、奥の窄《すぼ》まりから媚肉《びにく》の表面を一気に嬲《なぶ》られて腰が勝手に跳ねた。

その舌の表面は妙にざらざらしていて、敏感になっている下腹部には刺激が強すぎる。たまに試すように入口で舌の先端が蠢《うごめ》いて、ペコラは膝で邪神姿のリベリオの頭を挟んだ。

「ほんと、もう……」

身をよじりながら半泣きで訴える。このままだと我慢出来ずに達してしまう。

「ああ、そうか」

「っ！」

一度顔を離したリベリオが、今度は慈《いつく》しむように太腿の内側に唇をつけた。うすい皮膚の上に舌を這わされるとそれはそれで辛い。それをわかっていて彼は太腿をもったいぶるように舐め続ける。時折鋭い歯が触れ、口づけて吸われて、いくつも痣《あざ》が増えていった。

（……うぅぅ）

直接的ではない感覚にも、限界が近い身体はうずく。足を掴まれていなくとも、すでに腰が抜けていて立ち上がることが出来ない。

（は、はやく……飽きて終わってくれないかな……）

そうしたらせめて自分で慰《なぐさ》められるのに。だが五分経ち、十分経ち――

「っ、ん、……、あ、あああのっ」

しつこすぎる愛撫にペコラはさすがに声を上げた。

「どうした？」

うつ伏せにされて顎に優しく手を置いたリベリオが耳に舌を這わせる。

いつのまにか自然に、着ていた服も取り払われてしまって裸で二人、ベッドに転がっていた。全身弱いところを舌と唇が這いまわり、気持ちよさで頭がぼーっとする。

自分でもわかるほど太腿に蜜がこぼれて恥ずかしいが、彼は意図してかそこに触れようとしない。

「も、……っそろ、そろ」

「そうだな」

押しのける手にも力が入らない。そこでリベリオがペコラを抱き起こした。片膝を立てた身体の前でくたりとしたペコラを抱いて、己の胸元に背中をもたれさせる。

「そろそろ、入れるぞ」

「待っ……――」

長い指が蜜口から中に入ってペコラは声にならない声を上げた。爪はひっこめているのか痛くはないが、狭い中に入るには長いし大きすぎる。

「あ、っ……あぅ、っ痛」

「傷はつけないから、ゆっくり呼吸しろ」

「……」

涙をこぼしながら、支えるように前に回ったリベリオの腕を掴む。夢と違って違和感と痛みがひどい。そもそも指を入れていいとも言っていない。

けれど待ち望んでいた刺激に腰が勝手に動いてしまう。片手で小さな胸をこねながら、リベリオが耳元に口を寄せた。

「ほら、ここだろう」

入口のところ、曲がった指があるところを引っ掻くとぞくりと身体が粟立《あわだ》った。

「……え、あ」

戸惑う声に、同じところをもう一度指が探った。今度は明確に壁を擦られて、腰が跳ねる。

「っひ、ぅ」

思わず口から息が漏《も》れて全身に痺《しび》れが走った。今までと比較にならない、屹立《きつりつ》で擦られた時のような強い快楽。

「ん、んん」

前屈《かが》みになって逃げようとするが、抱く腕が強くて抜け出せない。

指が中を行き来する度《たび》に目の前がちかちかして、もう少しでイけそうなところで――指がずるりと隘路《あいろ》の奥に入った。そちらは異物に慣れておらず、まだ強い痛みがある。

「……っあ、……」

崖から突き落とされるように気持ちいい行為を中断されて、ペコラは首を振った。

「なん、で」

今度はいいところはなかなか触れてくれない。関係のないところばかりを擦ってくる。それでも耐えていたが、やがて指の腹が一番弱いところに触れた。

「っは、ぁ」

隠しようもなく声が震えた。けれどやはりそこもすぐ離れてしまう。

「や、ちがう、……っ」

「どうした」

「……ちゃん、と」

「どこがいいか、言えるか」

「もっと、おく、っあ、ぅ」

「ここか」

「ん……っぁ」

意地悪く、すでにわかっている弱いところを執拗《しつよう》に攻められ、小さな絶頂の波に言葉も出ないペコラに邪神が囁《ささや》いた。

「違う？」

「ちが、わない、っ」

すぐに違うところを刺激しようとする手を押さえる。

「そうだな」

ちゃんと己の弱いところを言えた子にご褒美《ほうび》、と頭を撫でられた。

弱いところばかりを探られて、紅潮して目を潤ませるペコラにリベリオが口づける。すでにぐずぐずにとろけた入口を擦る卑猥《ひわい》な水音が響いた。

「は、っふぁ、ん」

どちらともなく舌を絡ませ、唾液と呼吸を交換する。もちろんその間も中を擦る動きはやめない。

ペコラは、腰を跳ねさせて夢中で舌に吸いついた。やがて。

「っあ、ぁ――――」

ついに耐えきれなくなって達する。とっさに口を離してリベリオの腕を掴んだまま身体を縮こまらせた。心地よいというには少しばかり刺激が強い微睡《まどろ》み。余韻に身体を動かせないペコラの頤《おとがい》を持ち上げて再び口づけたリベリオは、今度は指を二本潜《もぐ》り込ませた。

「ん、っ……っ」

先ほどまでと違い、性急に中を攻められてペコラは身体を震わせた。

「っ、や、……っ」

「大人しくしろ。解《ほぐ》さないと辛いだろう」

「何をする気で……っ、はっ、入れようと、してます……⁉」

「ペコラ」

名前を呼ばれた途端に胸の印が反応して、熱が上がって息を詰めた。慰《なぐさ》めるように手が肌を滑る。泣きながら、ペコラは己を犯す二本の指を奥まで呑み込んだ。

「な、まえ……禁止、で」

「……ペコラ」

熱い息と官能を感じる声が幾度も耳に囁《ささや》かれて、呑み込むことも出来ない唾液が顎を伝った。

「や、やぁっ、あ、ぅ」

「……は」

濡れた肌が触れ合い、汗が混ざり合って落ちる。薄暗い部屋の中で、絶え間なく抽挿される入口から水音が響いた。

どこまでも淫靡《いんび》で温い時間がどれくらい経ったのか。

身体を優しく抱かれ裡《うち》に潜《もぐ》る指に翻弄《ほんろう》される。脳髄の奥から爪先まで快楽が支配して何も考えられなかった。やがて奥を弄《もてあそ》んでいた指が抜かれて、ベッドに横たわるペコラの上に褐色肌《かっしょくはだ》の邪神がのしかかる。

ペコラの身体を完全に覆《おお》い尽くすほどの体躯の彼はぐずぐずに蕩《とろ》けた蜜口に、指とは違う質量のものを押し当てた。

「……っ」

わずかに身体に力が入ったペコラの頭を撫でて、リベリオが腰を進めた。

「ふぁ、あ……っ、んう」

リベリオのものを受け入れるのは悲しいかな、夢で慣れている。実際の交歓は痛みもあるが、なるべく力を入れずペコラは背中を反らせてシーツを掴んだ。

「や、っう、……はぅ……っりべりお、さ……早、待っ、ん」

けれど心の準備より先に潜《もぐ》り込もうとする質量に喘《あえ》いだ。ペースダウンを訴えて目の前の胸板を叩くと、雄茎の先端の膨らんだところが入口で止まった。

「ふ……？」

その時点ですでに息も絶え絶えなペコラを抱きしめ、リベリオが言った。

「自分で、入れてみろ」

「っ、あの……」

思わぬ言葉に目を見開くが、胸の印がうずくと同時に腕が勝手にリベリオの首に回り、自ら受け入れ始めた。

「は、っあ、あ」

少しずつ楔《くさび》が入ってくる。自分で動くのは難しく、いつものような快《こころよ》さは少ない。それでも。

「っ、ん。は、ぁ」

夢の中でさんざん快楽をむさぼった身体は、リベリオが気持ちよくなるように必死で腰を振る。その間、ペコラの太腿に手を置いて押し広げながら、彼は胸の愛し子の印に舌を這わせた。それだけでぞくぞくしてお腹の奥が締まり、より一層中に埋まる男の熱の大きさを感じる。

震えつつなんとか半《なか》ばまで受け入れたところで、リベリオが顔を上げた。

「いい子だ」

「……っあ、んぁ」

腰を掴まれて一気に奥まで貫かれ、ベッドの上でのけぞった。

破瓜の痛みに声にならず、ただ喉を震わせるペコラを強く抱いた彼に、さらに揺さぶられる。

「つや、う、っは、ぁ」

息が苦しい。大きな手がペコラの胸を持ち上げて先を摘む。痛みと愉悦が混ざり合って翻弄《ほんろう》され、奥まで繋がった熱は中の弱いところを緩慢に嬲《なぶ》った。

「……は、っぁ、あ」

「まだイくなよ」

「！」

すぐにでも達しそうなのに、印が熱くて気を散らされる。その苦しさにペコラは喘《あえ》いだ。

「い、かせて……やら、いかせて、っいきた、……」

訴えても返事はない。抵抗しても許してもらえず、辛さの頂《いただき》を越した後はもう声も出なくて揺さぶられるまま。

「……っは……、ぁ」

リベリオの吐息を聞きながら、ただ閉じかけた眦《まなじり》から涙をこぼしていると。

「……ペコラ？　……あぁ」

呼びかけに妙な間があった。嫌な予感にびくっとペコラは反応して、なんとか身体を上げる。

「い、やっ、や、だめ」

「ペコラ、いっていい」

「――や、んっ――……ん、んんっあ、っひぁん、っ」

止めるのが遅かった。数秒後、凄まじい絶頂が襲ってくる。蕩《とろ》けきった悲鳴が出て、とっさにペコラは自分の口を塞いだ。

全身が性感帯のように敏感になり、汗が噴き出す。己のわずかな振動がさらに呼び水となり、波は全く引かない。堪《たま》らず離れようとすると腕を掴まれた。

「なぜ逃げる」

「当たりまえ……っいや！　やだ、待っ」

覆《おお》い被さった男がいまだ収縮を繰り返す隘路《あいろ》を熱杭でえぐる。腕を掴まれたまま獣のように交わる、その間も小さく頂《いただき》を越してびくんびくんと身体が跳ねた。

「っひっく、ふ、っ、りべ、りおさん、ばか、きらいぃぃ」

まだ絶頂は続いている。泣きながら非道を訴えた。

「も、もう気は済みましたか……っ」

揺さぶられたまま叫ぶ。文字通り出血大サービスだ。

「ん、………」

だが相手の反応はやけにうすい。潤む視界で気だるく仰ぎ見ると、リベリオはやけに熱に浮かされた瞳をしていた。

彼の手が頬に触れた。

「ペコラの中に、出したい」

「……中、……に？」

つまり、精を。邪神の精を人間の身で受けたらどうなるのだろう。

ゲームでは……だめだ。頭が働かない。切羽詰《せっぱつ》まったリベリオの表情を見ると胸がきゅんとなるが、一応抵抗してみた。

「……腰が、完全に抜けてて」

「大丈夫」

「イったばかりでつらいです」

「大丈夫」

「……そうですか」

諦めた。

「――っ、ん、あ、っんん……は、あ」

仰向けで揺さぶられる。腰を持つ手が強く、か細い正気の糸はすぐに享楽《きょうらく》に呑み込まれる。もう我慢も出来ずに啼《な》くしかないペコラはただ早く終わることだけを願った。

「……足りない」

そこで、低い獣めいた声が聞こえてペコラは目を開けた。

「我慢……」

ペコラの中に入ったままのリベリオの唸《うな》り声だ。

その途端にざわりと部屋の空気が変わった。腰を掴む力は痛いほどで顔をこわばらせたペコラは、リベリオが荒い呼吸とともに開けた口の、その歯がすべて鋭く尖っているのを見た。

(あわ、あわわわわ)

裸で犯されて揺さぶられて逃れる術《すべ》などあるだろうか。ただ次の瞬間、頭から齧《かじ》られるのを覚悟していると。

「喰って……永遠に、俺のなかに……」

そんな虚《うつ》ろな言葉が耳をくすぐる。

(永遠……?)

それがもしかしたらとても幸せなことだと、思う日が来るのだろうか。

リベリオが強くペコラを抱きしめる。

「っ、あっん」

そのまま何度も最奥を突き上げられて我慢など出来るはずもなく。

「あ、ぁ……っあ――――」

「つぐ」

二人同時に達する。中に熱い飛沫《しぶき》が流れ込む感覚にペコラはまた身体を震わせた。

「っ……」

しばらくそのまま抱き合っていて、やがて息を吐いたリベリオが身体を起こした。

ゆっくりと雄茎が抜け、シーツに白濁と乙女の印がこぼれた。交じり合うそれを眺めて、ペコラは首を傾げた。

「赤ちゃんとか、できたり……?」

「いや、特にそういう機能はない」

「あ、はい」

出すのは一緒でも人間とは違うらしい。

(リベリオさんと、本当にしてしまった……)

まだ敏感なお腹に置いていたペコラの手に自分のそれを重ねるようにリベリオが触れる。そして内緒話を聞かせるように、耳元に口を近づけた。

「『こんなこと』をしなくても、その気になればいつでも孕《はら》ませるくらいは出来る」

確信を持った言葉にビクッと震える。手が薄い胎《はら》を滑る。裡《うち》の奥深く子を宿すところ、それを意識させるように。

「……俺の花嫁になったペコラも、子どももさぞうまいだろうな」

「ご、ごご遠慮します！」

真っ赤な顔で叫んだペコラを、嬉しそうにリベリオは腕の中に抱き寄せた。


そんなたくさんのことがありすぎた巫子昇格試験の数日後。

「ペコラ様！」

栗色の髪をなびかせて見習い巫子の服を着たニナが駆け寄ってきた。快楽に流されて邪神と身体を繋いだ後だと直視出来ないほど、キラキラした笑顔がまぶしい。

「試験合格おめでとうございます！」

「あ、ありがとう……」

あの試験の結果が出た。力はあるが巫子としての品位に欠けるとエカテリーナは落ち、もともとの試験者は全員合格。晴れてペコラは見習いから正式な巫子に任命された。

力の操作に問題は多々あるが、噂《うわさ》を聞いた貧民街の人たちが神殿に直訴《じきそ》してくれたのだ。試験に落ち続けていたことを知らなかった彼らは、ペコラの日々の活動を王都中に触れ回ってくれた。

常々金持ちを優先させる神殿に鬱憤《うっぷん》が溜まっていた者たちが、試験場所が悪いだけだと声を上げ始めたので、これ以上騒ぎが大きくなる前にとおまけの合格だ。もちろん神殿内にそれに異議を唱える者もいたが。

『ペコラ様、どこに行くんですか？　私もご一緒します』

『ご飯一緒に食べましょ』

『部屋、よかったら私のところ使ってください』

何かとニナが横にいてくれて、その威光が無言の圧力になっていた。

エカテリーナはあの日のことがよほど怖かったのか、邪神に目をつけられないよう心を入れ替え大人しく修行に向き合っているらしい。それに呼応するように、ペコラを馬鹿にしていた巫子や巫子見習いたちはなりをひそめた。

「それ、なんですか？」

ニナがペコラの持っている書類を覗き込んだ。

ちなみにリベリオは騎士の合同訓練中だ。先日の夜以来、さらに遠慮がなくなってくっついてくるので無理やり送り出した後である。

「……配属先の希望届け？」

「うん」

ペコラも手元を見た。場所はもちろん、ニナのいた辺境の神殿だ。

いろいろあったが目標通り巫子になれた。これで魔物の襲撃に備えて準備も大手を振って出来る。……良い悪いは置いておいて専属騎士になったリベリオもついてくるという。

王都から邪神を引き剝《は》がせてちょうどいいかもしれない。

(リベリオさんとこれからも一緒……うん、うれしい、好きな人と一緒でうれしい)

ちなみに告白すると何が起こるかわからないので、まだ彼には伝えていない。激しすぎた先日のベッドのことを思い出してはびくびく怯えそうな生存本能を無理やり抑えて自分に言い聞かせていると、ニナが机を叩いた。

「なんでですか、配属は王都って聞いてますよ！　私、根回しして脅してせっかく約束を取りつけたのに……！」

「もともとそのつもりで……って根回し⁉」

リベリオへのスルー力を上げたせいで、反応が遅れる。ニナがうなずいた。

「そうです、何がなんでもペコラ様にはここにいてもらわないと！　少なくとも私の見習い期間が終わるまで存分にリベペコを摂取……、……あ」

思わず口を押さえたニナの肩をペコラが掴んだ。

「ニナちゃん……ちょっとお話、聞かせてもらっていい？」

彼女と再会してから感じていた、ある疑問が確信に変わった。

「そうです、元日本人ですぅ……」

いじいじと指の先をくっつけながらニナが言う。

辺境の地で家族と暮らしていた彼女は、ペコラとリベリオの姿を見た時にそれに気づいたという。

ここが、前世で遊んでいた十八禁乙女ゲームの世界だと。

「ゲームでは私、十五か十六で神殿に入るはずなのでおそらくストーリーが変わってきていると思います」

ニナ自身はまだ十を越えたところだ。

「それで……、……リベペコ、というのは」

聞くのを躊躇《ためら》っていたことを口にすると、その瞬間ニナの目が光った。

「もちろんリベリオ×ペコラですよ！　もう～～私、大好きなカップリングで！」

「待って、私……ゲームに出てた？」

「ああそっか。遊んでないんですね……追加ディスクでリベリオ様主役のシナリオが出たんです。〇〇年一月発売」

「死後……！」

机に突っ伏した。

寿命が憎い。まさか病気で死んだ後に、そんなどう考えても大好物でしかないものが出るとは。

「ああああ遊びたかったぁぁぁあああ！　やだ日本に帰りたい……っ！　リベリオさんが甘い台詞《せりふ》しゃべるの見たいぃい……！　愛してるって言ってほしいぃ」

「お、落ち着いてください。いいじゃないですか、本物に言ってもらえば」

「画面越しとは違うのぉお！」

テレビで見るライオンと、檻《おり》のない状態で対面するライオンではわけが違う。乙女心は複雑なのだ。

「あ、先に言いますけれど私、大地の精霊デニス推しなのでリベリオ様は範疇外《はんちゅうがい》です。リベペコという概念で見ていますので」

「……よほど面白いストーリーだったのね……じゃあこれからどうなるかとか、わかるの？」

「まぁお二人が結ばれるとだけ」

にやにやと笑ったニナが胸に手を置いた。

「講堂でのキスシーンも心のカメラにバッチリです」

「……うぅ」

「展開も変わってますし、そのへんはあまり考えないほうがいいんじゃないでしょうか」

「そ、そうね……」

確かにそんな器用ではない。もともとペコラというキャラを知らないままここまで来たのだし。

「ゲームしたかったなぁ……」

ペコラは机に頬をくっつけたまましばらく放心し……起き上がった。

「そうか。ニナちゃん、リベペコ好きだから助けてくれるのね、ゲームに感謝しないと」

「何を言ってるんですか」

そこで腰に手を当てたニナが頬を膨らませて、顔を近づけた。

「私は、お母さんを助けてくれたペコラ様だからもっと好きになったし、守りたいと思うんですよ。勘違いしないように」

そう言うニナは十歳そこそことは思えない迫力だ。どこか懐かしささえ覚えるそれを見て、ペコラはコクコクうなずいた。

「あ、いた」

そこで訓練が終わったのかリベリオが姿を現した。深紅《しんく》の髪の騎士の姿にいつもの癖で姿勢を正したところで、見習いの座学が始まる予告ベルが鳴る。

「とにかく！　ゲームとか私のこととか全部置いといて、ペコラ様の好きなようにしてください。どんな結果でも私は応援するので！」

これはもらいますね、と配属の希望届けは没収された。未来の大聖女はにこやかに手を振りながら颯爽《さっそう》と部屋を後にする。

「……つよい」

年下だけれど頼もしすぎる少女を見送って、ペコラは呟いた。

「なんの話をしていたんですか？」

隣に並ぶリベリオが聞く。ペコラはその顔を見上げた。

＊＊＊

ペコラと別れた後、ニナは神殿の廊下を歩く。

（……そっか、やっぱりペコラ様、追加ディスクの内容知らないんだ……）

中庭には植物が植わっていて、太陽の光に輝いている。ゲームで見たのと同じ巫子見習いの服を翻《ひるがえ》して、ニナは腕を組んだ。

「……言わないほうがいいよね、リベリオ様の知らないところで殺されるかもなんて……」

本編ゲームとの整合性の都合上、巫子ペコラは邪神リベリオと結ばれた後に死んでしまうルートがほとんどだ。

リベリオを好きな他の巫子の嫉妬《しっと》、邪神を崇拝する教徒の暴走、など理由はいくつか。もちろん生存ルートもあるのだが、最愛の人が目の前からいなくなったところに『心根《こころね》がペコラに似た』ニナが神殿に入ってくるという筋書きが一般的。そもそもシナリオライターは邪神の愛し子の印も含めて設定だけ作って登場させる気はなかったようで、そのキャラに名前もつけなかったらしい。

だが、とある余命幾ばくもないゲームのファンから、リベリオの幸せを見たいという手紙を受け取って——ペコラというキャラを改めて作って追加ディスクを作成したという。

羊モチーフの、ニナとはまた別のびくびくオドオドした子。邪神の生贄《いけにえ》。けれど誰より彼が慈《いつく》しんだ存在だ。そこまで考えてニナは今出てきた部屋を振り返った。

「……気づかれてないわよね、私のこと」

さすがに、元知り合いとして十八禁ゲームの世界で再会したというのはちょっと照れる。

看護師として担当だった女の子。

辛い治療でもいつも笑顔で頑張っていたのをよく覚えている。最後まで病気と闘って眠るように逝《い》ってしまったのを見送った。その後、気になっていたそれをプレイしてみた。

それは夢のようななんでも出来る世界で、きっととても楽しく遊んでいたのだろうなと微笑ましく思いながら、何度もあの子を思い出して泣いた。

(今度は長生きしてもらわないと)

看護師の知識も少しは役に立つだろう。小さくなった自分の手を振り上げて、ニナは元気に廊下を駆けた。

＊＊＊

「配属先の希望届け、持っていかれちゃいましたね」

「そう、ですね」

リベリオに言われて、ペコラは手をもにょもにょと動かした。今、ニナと話したことを説明するわけにもいくまい。

「もうちょっと考えてみようかと……」

それより大事なことがある。ペコラは唾を呑み込んで椅子から立ち上がり、リベリオと向き合った。

「……リベリオさん」

「はい」

「──愛してるって言ってみてください！」

やはり欲望には勝てなかった。

思わぬ提案だったのか、リベリオはきょとんとした顔をして数度瞬《まばた》きをすると口を開いた。

「愛しています」

「ぐっ」

画面が。追加ディスクのゲーム画面とバックミュージックが見えて聞こえてくるようだ。

「あ、もうちょっと微笑んでいただけると……」

「こうですか」

なんら抵抗なく、リベリオは目元を緩めて唇の端を上げた。その優しげな表情を見上げて、ペコラは両手を組んでうなずいた。

「ありがとうございました、もう十分で」

「……愛しています」

「あ、いえ、無理には」

「愛してます」

「もももうお腹いっぱいです」

一歩ずつ近づいてくるリベリオの愛してるの刺激が強すぎて後ろに下がる。壁に背中がついた。

「なるほど人間はこういう言葉で気持ちを確かめるんでしたっけ」

「せ、精霊はまた違うんですか？」

「……そうですね」

リベリオが手を伸ばす。壁際に追い詰めたペコラの首元に手を添えて彼は身を屈《かが》めた。

——あいしてる。

直接心に響く声にペコラはぴっと小さく飛び上がった。……確かにこれはゲームでは味わえない幸せかもしれない。

「愛し子相手だと聞こえやすくなるからいいですね」

「え」

「え？」

思わず声を上げると、至近距離でリベリオが見つめ返した。

「……やっぱり聞かせてたわけじゃないんですか」

「何がです？」

「心の声」

リベリオが動きを止めた。真顔だったのが見る見るうちにその頬が赤くなって――

「……き、聞こえて……？」

「はい」

「いつから」

「だいぶ、……前」

「――愛し子になる」

「前です」

「ぐうっ」

そこでリベリオが胸を押さえてペコラの肩に額をつけた。

「大丈夫ですか⁉」

突然のことに慌てると、彼は苦しげに言った。

「どこかで魔物が暴れている気配がする」

「……」

「困ったなぁ、これは困った」

全く困ってなさそうに言って彼はちらりと意味深にペコラを見た。

「……それ、朝も同じこと言って二回目ですけど」

「仕方ないじゃないですか。世界にどれだけ魔物と災厄があると。自分が鎮《しず》めるからと言ったのは嘘ですか、可愛いからいいですが」

「……わかりました！」

ぐちぐち言うリベリオの腕を引く。

嬉しそうな顔を隠さないのでふに落ちないものを感じつつ、周りに誰もいないのを確認して彼の首に手を回し、背伸びをして口づけた。はじめは触れるだけで離れ、次いでもう一回。それを繰り返すうちに段々長く深くなる。

「ん……」

すぐに背中に腕が回り抱きしめられた。開けてくれた隙間に舌を入れて、冷たい舌を絡める。

自分からしているのに快楽がのぼってペコラは呼吸を乱した。

元が十八禁ゲームなので、精霊……神との触れ合いはむしろよいこととされている。ただ、もちろんすればするほどつながりが深くなるので……

――キュー！

声がして唇を離した。見ればいつも植木鉢にいるダンゴムシが机の上をごろごろ転がっていた。

唇を舐めたリベリオがそのようすに目を細める。

「何か文句があるのか」

――キュ……

「あ？」

――キ、キー！

「消滅したいようだな」

「ダメですよ、いじめないでください」

よほど怖かったのか丸くなってガタガタ震えているのを優しく撫でていると、落ち着いてきたらしく甘えてきた。最近は神殿内でも元気になったようで少し安心だ。

「……」

それを見ていたリベリオが頬を膨らませた。

「……俺も撫でてください」

「リベリオさんを」

よしよしと目の前の騎士の頭も同じように撫でた。

――キュウ！　キュウ！

「大人しく待ってろ」

そこでまたダンゴムシが鳴き声を上げるのをリベリオが制する。最近よくこんな感じで張り合っている。

精霊の世界もなかなか大変そうだと、ペコラはリベリオの赤い髪を撫でながら思った。

第四章　穏やかな日々

窓から入る朝の光でペコラの意識が浮上した。

お勤めまではまだ時間がある。ゆっくりと息を吐いて静かな微睡《まどろ》みの中でもう一度眠りに落ちかけたところで、ぎしりとベッドが鳴った。

マットが揺れて誰かがベッドに入ってきた……気がする。けれど二度寝前の夢かもしれない。そう自分に言い聞かせてじっとしていたのだが、そのまま誰かの腕の中に囚われた。

「んん……？」

「寝ていていいですよ」

優しい声が聞こえて――半分瞼が下りたまま顔を上げると、シャツとズボンの軽装でそこにいたのはリベリオだ。

専属騎士とはいえもちろん寝る時は別室である。陽光の中で微笑むまぶしいその顔をぼんやりと見てペコラは首を傾げた。

「かぎ……」

「鍵なんて意味あると思います？」

「……そうですね」

とにかく眠い。リベリオの胸に頬をくっつけている格好になっているがそれもまぁいい。よしよしと頭を撫でる優しい手つきにぐずるように身をよじると、リベリオはペコラの頬に手を置いてこめかみや目元にキスを落とした。

「ん……っ」

ひとつひとつの動作がやけに煽情的《せんじょうてき》だ。リベリオの冷たい手が服をめくり上げる。全部は脱がさずに鎖骨のところまで上げられて、外気が胸元からお腹までをくすぐったけれど、まだ眠さのほうが勝っていた。

「……ん、う」

胸を持ち上げられ先端に吸いつかれる。舌が先端をいたぶり、手がふくらみをゆっくりとこね、口内で弄られていないほうは指先に押しつぶされて軽く爪が立つ。

たっぷりと唾液を絡ませた後、そっと歯を立てられた。

「っ」

「可愛い胸」

囁《ささや》く声がして舌が離れた。ねっとりと性感帯を犯す感覚がなくなってほっとしたのもつかの間、下着を脱がされた。

「！」

さすがに眠気も吹っ飛び――だが押しのける前に一番敏感な蕾《つぼみ》に舌が這ってペコラは悲鳴を上

げた。

「な、なにしてるんですか……！」

「寝ていてください」

「寝てられ……っひゃう、あ、あ……っ」

蕾《つぼみ》を舌で押されたり口内に導かれて吸われたり、歯がかすめたりする。その度《たび》になんとも言えない痺《しび》れが走って身体が跳ねた。

ちゅくちゅくと水音とともに舐められながら、リベリオを受け入れた入口に指が潜《もぐ》って蜜を掻き出した。

「や、……あ、あ！　待っ」

ペコラの声が蕩《とろ》けたのを察知して指が抜かれ、蕾《つぼみ》から移動した舌が入口から中に押し入った。指とも屹立《きつりつ》とも違う肉感の、自在に動くそれを出し入れされて逃げようとしたのだが、曲げた足をがっちりと掴まれて動けない。

「や、……あう、う」

ペコラの足の間に顔を押しつけたリベリオによって愛撫は続けられて、愛液と唾液が混ざったものがお尻を伝った。快楽の頂《いただき》はすぐそこに迫っていて、背中が反り、目の前を白い光が舞った。

「ふ、う、ぅ」

「はぁ、……朝から邪神にここまでさせるなんてペコラ様くらいですよ。まぁ愛し子のためですからね」

「まさかの被害者ヅラ、……っあ」

これ見よがしにため息をつかれて全力でもがく。それが気に障ったのか、リベリオは舌を中に入れたまま蕾《つぼみ》を指で撫で上げた。

「っあ、あう、っふ──……ぁ──」

限界に近かったペコラはがくがくと腰を震わせる。ベッドの上で半《なか》ば服を脱がされて荒い息を吐くペコラに、覆《おお》いかぶさったリベリオがにっこり笑った。

「そろそろ、……またペコラ様を食べても？」

「！　だ、だめです」

慌てて首を振る。

初めて現実で肌を重ねてからしばらく経っていた。さんざん攻め立てられたが気持ちよくてめろめろになってしまったのと……子ども発言が怖すぎて、以来それとなく誘われても断っていた。

「今日も、ニナちゃんと貧民街に行く予定が」

言い訳するペコラの髪や頬に無言でリベリオがキスを落とす。半端《はんぱ》に上げられた熱はそれだけでまた灯り、お腹の奥がきゅんとする気配があった。

初めてリベリオを受け入れた時は苦しかったけれど、それ以上を知っている身体はこれから起こることに期待していた。それがわかっているのか無茶をするつもりはないらしく彼はじっとしている。ちらりと視線を向けると、リベリオのそれはすでに準備が整っていた。

（す、好きにしていいんだ、……私の好きに……っ）

まだ慣れない言葉を繰り返す。

ここは十八禁乙女ゲームの世界、精霊と心と身体を通わせて力を使うのは巫子として当然のことなのだ。それが邪神だとしても。

上を見るとリベリオは瞬《まばた》きもせずにペコラを見下ろしていた。こちらの意思がかたまるまで待ってくれているようだが――無言の圧がむしろ怖い。そうこうしている間にリベリオの手が素肌に触れる。

「――やっぱり、ダメです！」

真っ赤な顔でペコラはリベリオを押しのけた。

「今日はリベリオさん、新人騎士の教官役でしょう、は、はやく用意しないと」

熱く火照《ほて》った身体のまま、ぐいぐいとリベリオを追い出した。


朝のお勤めを終えて、ペコラはいつものように王都の端にある貧民街に出かけた。

（まったくリベリオさんは油断も隙もない……）

――キュウ？

朝の攻防のあいだ、植木鉢の寝床ですやすや眠っていたダンゴムシがペコラの頭の上で鳴いた。

リベリオを追い出したはいいものの朝からいたずらされた身体は熱に浮かされて、皆が起きてくる前になだめるのが大変だった。今も、気を抜くと腰が砕けそうになる。

貧民街の一角で作っている畑や堆肥《たいひ》場まで来ると、鍬《くわ》を手に仕事をしていた茶色の髪の青年が顔を上げた。

「ああ、ペコラ様こんにちは」

低めのバリトンの声が響く。いかにも土仕事が似合いそうな、筋肉がほどよくついた体躯のガテン系の青年。ニナの大地の精霊デニスである。

美麗というよりは端整、質実剛健という言葉が似合う彼は首にかけているタオルで汗を――精霊のそれが汗なのかは定かではないが――拭いた。

――キュー！

「おっ、ダンゴムシくん今日も元気だな！」

ペコラの頭からぴょんとダンゴムシが飛び出す。それをデニスがキャッチした。

「君のおかげで土壌菌もいっぱいの土になってるよ。いい作物が出来る」

――キュッキュ！

褒められてダンゴムシが嬉しそうな声を上げた。

精霊にもそれぞれ分類があり、ものを土にする精霊のダンゴムシと土を司《つかさど》るデニスは同じ眷属《けんぞく》で仲がいい。精霊にもランクがあってデニスのほうがかなり高位の存在であるが、物腰やわらかな彼は全く偉ぶるようすはない。

（性格もイケメンだぁ……そういえばゲームの最後で、デニスさんルートは邪神に逆らうシーンがあるのよね）

土の性質は邪神の領分だ。人の基準とは違い、精霊の中では陽と陰は同等。破壊があって創造があり、光があって闇がある。混沌と暗闇、地下を統治する邪神はデニスの上司だ。

一見爽《さわ》やかだが禍々《まがまが》しいリベリオと、土仕事大好き太陽いっぱいのデニスが同じ分類なのは不思議な気がするが——ちなみにニナの前世での推しはこのデニスである。

「ちょっとそこ、私も頑張ってるのですが！」

ため池の近くでそう声を上げたのは水の精霊メリルだ。綺麗な長い青髪を畑仕事のためにポニーテールにした彼は水路を作っていた。目も髪と同じ透き通った青色で、この暑い昼間でも涼しげだ。

デニスが畑や池の形を整え、そこにメリルが水をためる、こういう場所をいくつも作って貧民街の食糧改善に取り組んでいる。ペコラはメリルに頭を下げた。

「メリルさんのおかげで水汲《みずく》みの手間が省《はぶ》けて助かります！」

「これくらい、いつでも言ってください」

腕を組んだメリルがふふんと自信満々にうなずいた。

「植える種はこれでいいかい？」

木の精霊アトウッドが革袋を手にやって来る。緑色の髪と目をした、見た目は四十代くらいの男性だ。木の属性らしくいつも物静かに微笑んでいる彼は、ペコラの前で手のひらに袋の中のものを広げた。どんぐりや麦のようなものがころころと転がり出る。

「栄養が少なくて乾燥した土地でも育つように改良したんだけど」

「ありがとうございます！」

「へぇいいなあ」

「まぁ私がいる限り乾燥なんてさせませんけど？」

そんなふうに精霊三人とわいわい相談しながら、込み上げるものを感じてペコラは胸の前で手を組んだ。

（優しいアトウッドさんに、ツンデレのメリルさん、そして頼れるお兄さんのデニスさん……ゲームそのままだぁあ）

それぞれタイプの違うイケメンである。前世で何度周回してスチルを回収したことか。

ニナの修行の成果によって少しずつ力が顕在化《けんざいか》し、彼らはもうその姿を現すようになっていた。

彼らが十八歳の美少女に成長したニナを取り合うのだ、楽しみ以外の何物でもない。

もっとも、ニナ自身は精霊の攻略よりもなぜかペコラのことを気にかけてくれているので誰かと恋愛をする気配はないが。

「あ、ペコラ様。髪に葉っぱが」

そう言ったデニスの大きな手が伸びてきてペコラの白い髪に触れる寸前で、――パチッと小さく音がした。

途端に「ひっ」と悲鳴を上げてデニスがペコラから距離をとった。

「じゃあ俺は畝《うね》づくりに戻りますので！」

片手を上げたデニスが場を離れる。畑では大人の他にも子どもも手伝っていて、戻ったデニスはすぐに彼らに囲まれてしまった。

「そういえばニナちゃんは？」

「診療所まで来られない病人のところを回っています」

「さすが……」

畑仕事に適する精霊に現場を任せつつ、同時に治癒が出来る光の精霊に力を使っているのだ。アトウッドの言葉にペコラは思わず感嘆の息を吐いた。ニナのおかげで貧民街の生活向上は驚くべき速さで進んでいる。

(私も頼ってばかりじゃいられないよね)

ペコラが腕まくりをしたところでふわりと涼しい風が吹いた。

「ペコラ様！」

声がして顔を上げると、見習い巫子の服を翻してニナがまるでタンポポの綿毛のように空から落ちてきた。風の精霊の力による移動を終えた、両手を広げた小さな身体を抱きとめる。

「巡回お疲れさま」

「これくらいなんでもないです」

精霊のおかげで重さは感じない。地面に下ろすとニナは愛らしく笑った。

(か、可愛いい)

胸をきゅんきゅんさせていると、メリルが畑近くの簡易テントを示した。

「診療所で皆さん待ってますよ、二人ともここはいいから行ってください」

「ニナちゃん、疲れてない？」

「全然！」

簡易テントは休憩場所兼、診療所として使っていて、すでに患者が数人待っていた。椅子があるだけのそこに並んでもらって、ペコラはニナと一緒に住民の治療に当たる。

「うわぁあ、すごい、一瞬で治っちゃった！」

「まだ無茶しちゃだめですよ」

足を骨折した男の子が叫んで飛び跳ねるのをニナがたしなめる。

光の精霊ルークの加護があるので、ニナはそれくらいの怪我は一瞬で治してしまう。今までこういう診療所を作ると、ニナだけの負担が増すのではないかと思ったのだが……

「ペコラ様、またお願いします」

「ペコラ様、わしも」

「お願い出来ますかねぇ」

「は、はいもちろん」

前からの顔見知りの住人たちはペコラの列に並ぶので数はちょうどいいくらいだ。彼ら曰《いわ》く、「ペコラ様の効いたか効いてないかくらいの奇跡がちょうどいい」らしい。

貧民街では寄生虫に不衛生による怪我の悪化にと患者は山ほどいるが、特に頼まれるのが多いのは歯のことである。

「うーん、これは……」

初老の男性の口の中を覗いて呻《うめ》く。歯があちこち虫歯で黒くなっていた。

「ジャックさん、こうなる前に来てくださいって言いましたよね」

「すみません、ついつい」

「まったくもう。ダンゴムシくん、いい？」

——キュ！

ダンゴムシが真剣な表情でうなずくのを見て、患者の頬に手を当てて口の中の菌と会話を試《こころ》みる。

（痛がっているし、落ち着いて、悪さしないでね）

——えええええ、こんなに快適なのにぃ？

けれど増殖に夢中な菌はなかなか言うことを聞いてくれない。

（もう少し……ん？）

顔を近づけたところで額に大きな手が置かれた。はっと目を開けるとすぐ目の前に患者の顔があり、もう少しで額を合わせるような体勢だ。

「ぺ、ペコラ様、恐れ多い」

「いえこちらこそ夢中になってしまって」

真っ赤になっているジャックから顔を離す。上を見るとそこにいたのはリベリオで、彼はペコラの額から手を離して口をへの字にしながら後ろに立った。

——ペコラ様、置いていくなんてひどいじゃないですか。

心の声で話しかけてきたので、頬を膨らませて言い返す。

（朝、あんなことをするからです！　というか訓練は……）

——速攻で終わらせましたよ。

一瞬、頭の中に訓練場に死屍累々《ししるいるい》と横たわる神官騎士の姿が見えた。心の中で手を合わせてジャックに向き直ると、彼は驚いた顔をしながら頬を撫でた。

「ああもう全然痛くないです」

(あれ?)

確かに、気配を探ってみたところ虫歯菌は完全に鎮静化されていた。うまくお願い出来たのだろうかと不思議に思っていると、ジャックは膝に手を置いて身を乗り出した。

「そういえばペコラ様、神殿に邪神が出たという噂《うわさ》を聞きましたが大丈夫ですか?」

「!」

リベリオを振り返ることも出来ず、ペコラは顔に笑顔を張りつかせたまま固まった。

「い、いえ、はい、だいじょうぶです、何も」

「その噂《うわさ》を聞いて、最近邪神教徒が各地で暴れているとも聞きますからねぇ」

「え」

「邪神復活だと騒いで、やりたい放題をしているそうです。幸いこのへんは何も起きていませんが……ま、精霊のご加護はわかりますけれど邪神なんて神話の世界の話ですし!」

「は、はは」

言えない。その邪神様本人がすぐ後ろにいるなんて。

「また痛くなったら早めに来てくださいね……」

診療用のテントから出ていくジャックを見送りつつ、今聞いた話が頭の中でぐるぐる回る。邪神が姿を現した影響があちこちに及ぶ可能性を完全に見過ごしていた。

リベリオが巫子選抜試験の時にペコラを助けてくれたから、そんなことになっているのだとしたら。

(私のせいだ……!)

いてもたってもいられず、ひょうひょうとしているリベリオの服を掴んでテントの裏に移動する。

「今の話、本当ですか」

「ええまぁ」

何も気にするそぶりのないリベリオを見上げる。

「……討伐、されたりしませんよね」

ゲームでは、邪神の暴走を止めるために正神がニナに力を貸して彼を倒した。

正神は人々から一番敬《うやま》われている善き神だ。博愛と平等をうたう、かの神と正史の前から対抗しているのが邪神だった。もちろん人の倫理上どちらを大切にするべきかはわかっているけれど……

ペコラが好きなのはリベリオ一人だ。

「いい表情ですね」

ペコラに微笑んで、リベリオがそっと頬に手を添えた。

「神殿に勤める巫子がこんなに邪神を慕《した》って……これはもういつでも攫《さら》えるということですか」

「ま、真面目な話をしているんですが!」

「真面目なつもりです」

「もういいです！」

赤い頬を隠すようにそっぽをむく。

邪神だろうがなんだろうが前世からの推しへの気持ちは揺るがない。だが、こんな自分もゲームの登場人物というのが未だ信じられなかった。結局ニナも追加ディスクが出たこと以外の詳しい情報は教えてくれていない。

けれどももし何かあれば、全力で邪神リベリオを守る。そう決めていた。

(まぁ、ニナちゃんをめぐって正神と邪神が戦うのは数年後だし……、はっうまくすればあんな場面やこんな場面も見られる……!?)

そうなったら全力でスチルを回収しなければ。

「そんなに気になるなら、信者たちを弱体化しておきますが」

「はい!?　そんなこと出来るんですか」

思わぬ言葉に聞き返すと真面目な顔でリベリオがうなずく。しばらく考えて、口を開いた。

「……あまり迷惑をかけないようにと、伝えてください」

「愛し子の頼みなら喜んで」

しかしこの場合、一番弱体化されるのはペコラではないだろうか。

「や、でも、あまりリベリオさんを頼るのもどうかなって思いますし、無理のない程度に……」

「何を言っているんですか」

リベリオがペコラの髪をひと房とって、それに口づけた。そのままこちらを見る目が細められる。

「愛し子は、黙って愛されていればいいんです」

「〜〜〜〜」

「ほら、次の患者が待ってますよ」

相当の破壊力のある台詞《せりふ》を口にしたのにリベリオはけろりとしている。

心臓がバクバクして落ち着かないペコラはその後、まともに患者と会話が出来なかった。

＊＊＊

大地の精霊デニスは畑で働く人たちと話をしながら、簡易診療所に視線を向けた。

ニナとペコラの診療所には次々と人が来て、お金はないけれど奇跡のお礼にと、食べ物や手作りのおもちゃを置いていく。とても微笑ましい光景だ。

(今日も俺の愛し子は可愛いな)

当たり前の事実に満足して、彼は視線をペコラのそばについているリベリオに向けた。

神官騎士の格好をしている彼の気配は完全に人間のそれだ。リベリオがその擬態を解かない限りデニスも邪神と見抜くことは出来ないだろう。デニスにとっては逆らえない上位精霊体――もちろん、ニナのためならばその楔《くさび》もいつでも破り、この身が消滅しようとも構わないけれど。

そして、そんな二人を引きつけるペコラという少女にはいまだ驚かされることが多い。真剣に患者の話を聞いてうなずくしぐさで、ふわふわの白い髪が揺れる。金の目はまさしく収穫直前の小麦畑のようだ。デニスから見ても愛らしく好ましい魂を持っているのはよくわかるが、まさか邪神が愛し子に定めるなんて誰が想像出来ただろう。

（またペコラ様がいい子なんだよなぁ）

――おい。

威圧たっぷりの低い声が頭に響いてデニスは背筋を伸ばした。じろじろ見ていたことに気づかれたのだろうか、リベリオが思念を飛ばしてきた。

そのままペコラに一言声をかけてこちらに来る。あたふたと視線を逸《そ》らしたがどうしようもなく、デニスは姿勢を正して彼が近づくのを待った。

「ひえっ、すみませんリベリオ様」

「様はやめろ」

「……あ」

リベリオの言葉にデニスが縮こまりながら口を塞ぐ。

「すみません、人の前ではダメですね」

「今はしがない神官騎士だからな。ところで例のものは」

「はい……これです」

デニスはポケットから透明な水晶を取り出した。

中には精霊の力で封じ込めた、ペコラの映像が入っている。詳細は聞いていないが――予想はつくが――今朝、彼女を怒らせたらしいリベリオに神殿から出た後のペコラの動向を水晶に写し取っておけと言われていたのだ。

（ペコラ様、すみません）

まさか盗撮されているとは思っていないだろう。だが逆らうと力の行使を狭められてもどうしようもない。逆にこうして願いを聞いていれば、邪神の意志に関係なく因果律でこちらに有利に運ぶこともある。

（これもニナのためなので）

それにしても孤高で絶対的な存在だとしか認識していなかったリベリオが水晶を眺めている姿は不思議な光景だ。

邪神は皆を愛しているし、誰も愛していない。

その彼が口元を嬉しそうにゆるめて、生まれたばかりにも等しい人間の少女を見守っているのだからつい好奇心が湧いてしまう。

「ペコラ様はなんというか、まさに巫子の鑑《かがみ》ですね」

話しかけたのは、今の彼とならば会話が出来そうだったからだ。デニスは気になることを聞いてみた。

「あの……彼女はなぜあなたの力に耐えられるのですか？」

デニスの目から見てもペコラの力は巫子としては最低レベルだ。ニナどころか、今、神殿にいる巫子の誰にも到底及ばないだろう。

ただそれは不思議な話だった。そもそもそんな脆弱《ぜいじゃく》さで邪神に印をつけられて耐えられるはずはなく、それどころか身体の関係まであるというのだから……普通なら魂ごと崩壊してもおかしくない。

「ああ」

リベリオは水晶をしまいながら小さく声を出した。

「普段は俺が力を抑えているからな」

「はい？」

声が裏返った。先ほどの診療所のようすを思い出す。患者の頬に手を置いたペコラが一生懸命菌に話しかけてまるでキスするように患者に顔を近づけた時、リベリオがその額に手を置いて動きを止めさせた。

あの瞬間、強い力を感じたが……

「なぜ!?」

「あんな美味しそうな存在《もの》、放っておくと手を出す精霊が出るかもしれん」

「あなたがいるので無理では」

じろりとリベリオがデニスを睨んだ。

「ダンゴムシだけでも厄介なのにか」

「はは……そうですね」

その言い方に思わず笑ってしまう。

確かにペコラとダンゴムシの絆《きずな》は強い。けれど彼がその気になれば下位精霊など指先だけで消滅させることすら出来るのに——傍《はた》から見ていても一番のライバルだ。その関係性は羨ましいを通り越していつまでも見たくなってしまう。

「あれ？　じゃあ、リベリオ様が抑えているそれを解いたらどうなります」

そこでリベリオが嗤《わら》った。人の姿で神殿に潜《もぐ》り込み、この世界を愉《たの》しんでいる邪神はその緑色の目を暗く光らせた。

その時、軽く地面が揺れた。地震かと村人たちが悲鳴を上げたが揺れはすぐに収まる。

地面を見ると今整備している畑の地面が盛り上がっていた。ただし地震によるものか周囲が陥没している。

「……リベリオ様」

「いちいち土を盛るなんてまどろっこしい。このほうが早いだろう」

「早いどころか陥没した地面を埋めないといけないのですが!?」

「じゃあもう一度動かすか」

「やめてください！」

力の加減を知らないリベリオをデニスが真っ青になって止めた。

＊　＊　＊

活動を終えてペコラが神殿に戻ってきたのは夜になってからだった。

たくさん力を使ったダンゴムシはもう眠っていて、それを撫でながら部屋に向かう。後ろにはリベリオがついていた。

――愛し子は、黙って愛されていればいいんです。

（うぅ……）

昼間の、推しからの一撃は相当な威力があった。あの後はまともに身体を動かせなくてものを落としたり、頭が回らなかったりで住民にたくさん心配されてしまった。

（そりゃあ嬉しいけど……！）

邪神に愛される、とはどういうことなのかまだよくわからない。ペコラ自身は世界の滅亡などこれっぽっちも望んでいないので、なぜ自分がここまでリベリオに構われているのか理解出来なかった。

（こんなことではいつか愛想をつかされて……いやそんな考えはよくない！）

ペコラのままでリベリオはそばにいてくれているのだ。それを疑うのは彼に申し訳ない。

前世で遊んだゲームの世界とはいえ、今は紛れもなく現実だ。頬をぺちぺちと叩いて気合を入れ直して、部屋の前に着く。ドアノブに手をかけた。

「じゃあ、おやすみなさい」

「ペコラ様」

リベリオがその扉を押さえる。

「は、はははい？」

リベリオと扉に挟まれる形になってびくつくペコラの手を取った彼は、意味深に微笑んで指先に口づけた。そのままじっとペコラを見る。

「今から、ダメですか」

「あ、いえ、えと」

まぐわいの誘いだ。とっさに返事出来ないでいるとリベリオが苦しげに息を吐いた。

「……さすがにそろそろ発散しないと……」

「もしかして、これと邪神教徒が暴れているのって、関係あります……？」

ペコラが彼を拒んでいるからそちらに力が流れている、とか。問うとリベリオはただ寂しそうに睫毛《まつげ》を伏せた。

「す、少し、だけ……なら」

そうであるならば邪神の愛し子として、いつまでも怖いのを理由に逃げているわけにはいかない。

「では遠慮なく」

先ほどまでの弱々しさはどこへやら。爽《さわ》やかに笑ったリベリオは部屋の中に入り、ドアにペコラの背をもたれさせると首筋にキスをしながら躊躇《ちゅうちょ》なく服の裾から手を差し入れた。

「こ、心の準備が！」

「あまり大声出すと外に聞こえますよ。あとこれと邪神教は関係ないです」

「騙されたぁあ！」

「人聞きの悪い」

ペコラの首にキスを繰り返して、彼の指先が肌を滑り太腿の内側をくすぐる。いつの間にか腕に抱いていたダンゴムシの姿は消えていて、うろたえる手をドアに縫いつけられた。

「ん、っん」

しばらく内腿を探っていた手が性急に下着の中に入ってきた。

「濡れてる……」

「言わない、でくださ……」

すでに足に力が入らない。首筋に顔を埋めた彼がいたずらに蜜をこぼす入口を擦る。すぐに水音が聞こえてきて、リベリオに支えられながらペコラは喘《あえ》いだ。

「っ、は、ぁ、……あ、あ」

「入れますよ」

「っひぅ」

指が明確な意志を持って中に押し入ってくる。時間が経って閉じた中はまた狭くなっているが、指はお構いなしに奥を目指した。

「あ、あぅ、ふっあ」

「ここがペコラ様のいいところです」

「っ」

とっくに知られているおへその内側の弱いところを擦られると圧迫感とは違う感覚が背中から駆け上がった。

「すごい……うねって吸いついて、俺のを奥まで誘おうとしてる」

奥を擦りながらリベリオが耳元で囁《ささや》いた。

（恥ずかしい……っ）

数千年存在している邪神と違ってこちらはまだ実質二回目だ。うまい返しなど思いつかず顔を背《そむ》けていると頤《おとがい》を掴まれて口づけられた。

「っふ、……ぁ」

中を擦られつつ舌を絡ませる。隘路《あいろ》は指だけでも辛いが、キスしながら入口から奥までゆっくりと撫でるように行き来されると、生々しく、あの時に受け入れた彼の熱杭の形を思い出す。

「……――は……」

「気持ちよかったの、思い出しました？」

「……ん」

「いい子ですね」

リベリオはペコラをすぐに達《い》かせるつもりはないようで、ドアに背をついてろくに身動きが取れない身体に甘い快《こころよ》さを与え続ける。まともな思考が薄れて、早く、あの快楽が欲しいと脳が叫んだ。

「ふ、っ、……う、う」

「そろそろかな」

微笑んだリベリオがペコラを抱き上げてベッドに下ろした。

背中から伝わるシーツの感覚だけでも達してしまいそうだ。蜜をはしたなくこぼしている入口に、熱い先端が触れた。上から覆《おお》いかぶさったリベリオが媚肉《びにく》をかき分けてゆっくりと己の欲をそこに潜《もぐ》り込ませる。

「あ、……待って、――――っん」

膨らんだ先端を隘路《あいろ》は拒んだが、腰を掴んだリベリオが強く腰を打ちつけると次の瞬間に半《なか》ばまで入ってきた。

「……ああ、もう、少し」

「っふ、ぁ、あ」

わずかに引いて身体を起こしたリベリオが、ペコラの腰を掴みながら小刻みに腰をゆすった。その度《たび》に凶悪な雄が己の中に収められていくのがわかって、シーツを掴んだまま喘《あえ》ぐ。

「……待っ、……あ、ああ」

「ペコラ様なら大丈夫」

「なにが、ふ、あ、っああ」

抵抗も意味なく、奥まで隙間がないほど埋められて繋がったところでリベリオはようやく動きを止めた。

「……は……」

声を小さくこぼした彼が、息も絶え絶えなペコラを抱き上げる。

「ん、っ深、あ、あ」

「気持ちいいですね」

座る彼の上に向かい合って乗るような形になったペコラの中へ、熱がまた一段と深く入ってくる。

いつの間に脱いだのか裸のリベリオの胸とペコラの胸が密着するほど抱きしめられ、唇を触れ合わせて互いの舌が絡んだ。

「ん、っむ」

口づけての呼吸がうまく出来ないペコラは、苦しくなって目の前の身体を軽く叩いた。それ以上の無理はせずに口を離した彼はペコラの肩に顔を埋めた。

「――ずっとこうしていたい」

「っひ、う、ぐすっ」

揺さぶられて泣きながら首を振る。その間にもごりごりとリベリオの雄茎が弱いところを擦って、目の前に白い光が瞬《またた》いた。きゅうっとお腹の奥が何度もゆるく収縮するのを感じる。

「まぁすぐペコラ様もそう思うようになりますよ」

リベリオの手がペコラの胸の愛し子の印に触れた。今回は快楽を増すことはなく、肌を重ねても冷たい手がそこを撫でる。

「愛してるって言ってください」

「……」

「ペコラ」

「っ、ん」

名前を呼ばれて痺《しび》れが一段と増す。

（愛……）

告白したらどうなるのだろう、遠ざかりそうな意識の中でそれを思う。リベリオは前世の推しで邪神で専属騎士で……大事な存在だ。

「……ペコラ」

前のようなからかいではなく乞うような声にうながされて、ぼうっとするまま口が開いた。

「あい、して……ます」

その瞬間腰を掴まれ、下から突き上げられてペコラは白い髪を揺らした。

「あ、っあう、っ」

よくわからない幸福感で涙が勝手にこぼれる。何も考えられないくらい翻弄《ほんろう》されて身体に力が入らないのにリベリオの手が倒れることを許さない。

「腰を振って」

「っ、ふ？　……はぅ、っん」

うながされるままにリベリオの動きに合わせて腰を振る。ベッドに転がされて抵抗も出来ず何度も擦り上げられる。奥をぐりぐりとかき混ぜる動きに足がシーツを蹴った。

不規則な刺激に中の性感帯が幾度も擦られて限界はすぐに訪れた。

「……っも、う」

「ん、どうしたいですか」

「イきた……ふあぁぁ」

「可愛い」

強く抱き締められて、汗ばむペコラの背中をリベリオが撫でた。

「っふ、ぁ……あ」

「はぁ、くそ、食べたい」

リベリオが吐息をこぼす。不穏な声を理解する間もなく大きな波がペコラを襲った。

「あ、っぅ――……」

ぎゅううっとリベリオの雄茎を包んで蜜洞が何度も収縮を繰り返す。喘《あえ》ぎながら悶《もだ》えるペコラに微笑んだリベリオが、己の欲を咥え込んでいる腹を撫でた。

「……ぁ」

しばらくそのまま抱き合っていて、汗だくの髪を掻き上げられる。

「よく出来ました」

額にキスが落ちたところで、ふわりとペコラの意識が途切れた。


次にペコラが目を覚ました時には、外は明るくなっていてちゅんちゅんと小鳥の声が窓から入ってきていた。

「朝……」

風邪を引いたようなひどい声だ。もぞりと動いたところで違和感を覚える。

「――……」

逞しい腕がペコラを抱きしめている。そして、中にはまだ硬度を保っているものが――

そろりと視線を上げるとリベリオはしっかり起きていて、ペコラを見て表情をゆるめた。

「おはようございます、いい朝ですね」

「リベリオさ……！　抜い、っふぁ、あ」

すぐに動き出されて嬌声《きょうせい》が喉から出た。静まっていた熱はすぐにぶり返して、接合部からは卑猥《ひわい》な水音が陽光の中で響く。

「ん、っ――……っい、いい加減にしてください！」

ペコラは顔を真っ赤にして怒った。

それ以来、リベリオはペコラの部屋に出入り禁止となった。

第五章　依頼の旅

にぎやかで平凡な日々が過ぎて、ペコラが神官長に呼び出されたのはとある初秋のこと。

「長期出張の依頼、ですか？」

「ああ。神殿から離れた地方でも奇跡の力を必要としていてね」

相変わらずでっぷりとした身体の神官長は前に立つペコラをじろりと睨んだ。

「君がどこまで対応出来るかはわからんが、人々の期待に応えるのも神殿の努めだ」

大聖女の時代から巫子がどれだけの尊敬を集めてきたか、それを神官がどれだけ支えてきたかをとうとうと語る神官長の言葉を、ペコラはほとんど聞いていなかった。

（依頼……！）

なんと心が高鳴る言葉だろうか。

精霊の愛し子は人々の願いを叶える存在だが、圧倒的に人手が足りない。地方にも拠点となるべき神殿はあるがどうしても人材がこの総本山に集まるのは否《いな》めず、地方差をどうにかするために中央から巫子が派遣されることがある。

ゲームでも同じことがあった。ニナもあの六人の精霊たちとともに旅をして、その中で人助けをしたり彼らと交友を深めたり、ラブイベントが起こったりするのだ。

（魔物に襲われたニナちゃんを助けるデニスさんのスチルとか、最高だったなぁ）

もちろん十八禁なのでそういうシーンもふんだんにある。旅の間のラッキーハプニングとそれぞれのシチュエーションエッチのスチルが六人分。それを思い出しつつ頬に手を当ててため息をついたところで、こほんと小さく咳払いが聞こえた。

「聞いているのかね」

「あ、はい、もちろん！」

神官長が提示した出張の期間は三ヶ月。今、依頼が寄せられている地方に出向いてその望みを処理してくることがペコラの任務だ。それぞれの神殿に話は通しているので宿泊場所や必要なものがあれば揃えてくれるという。もちろんペコラが断る理由はない。

「ぜひ引き受けさせていただきます！」

「そうか、まぁせいぜい神殿の評判を落とさないように気をつけてくれたまえ」

神官長がうなずいたところで扉がノックされた。誰だろうと首を傾げたペコラと違い、神官長は威厳たっぷりに声をかける。

「入りたまえ」

「失礼しますね」

そう言って部屋に入ってきたのはぼさぼさの髪の、三十歳くらいののんびりした感じの男性だった。

長いハシバミ色の髪を後ろでひとつにくくり、細い緑の眼鏡をかけて汚れたマントを羽織る姿はくたびれた学者然としている。部屋の隅で待機を言い渡されているリベリオにちらりと視線を投げかけた彼は、ペコラの隣に立った。

「こちらは王立学園の教授でキース・ウォーカー殿だ」

「キースと申します。初めましてペコラ様！　――ああっ眼鏡、眼鏡」

勢いよく頭を下げた動作で彼がかけていた眼鏡が床に落ちた。

「大丈夫ですか！」

少し離れたところに転がった眼鏡を拾って、床に膝をついて探していたキースに渡す。彼は「ありがとうございます」と微笑んでペコラの手を掴んだ。

「へ」

「ははぁ、これが精霊の愛し子の印ですか」

眼鏡をかけ直したキースは、ペコラの手の甲についているダンゴムシの愛し子の印を眺めて、擦ったり引っ張ったりする。

「あ、あの」

痛くはないのだがリベリオの視線が突き刺さる。しかしキースはそれに全く気づいていないようだ。

王立学園は文字通り将来王国の要《かなめ》となるべき人物が通う学校である。貴族や王族の子女以外は天才と言われる選ばれたエリートしか入れないそこの教授ということは、よほどの才覚があるのだと容易に想像出来る。

糸のように目を細くした猫背の学者先生。少し考えたが、ペコラの前世の知識の中に該当するキャラはいない。

「今度の論文では、精霊と巫子の関係について発表したいのです。奇跡と言われている巫子の力を学術的な視点で解明していきたいと思っていまして」

「へええ……！」

「出来れば、ペコラ様のことを主題にしたいのですが」

思わず感嘆の声をこぼしたペコラは、続いたキースの言葉に固まった。

「私をですか!?」

「はい。貧者救済の件は聞き及んでいます。ぜひお話が聞きたくて」

「ちょ、ちょっと待ってください。私より、ニナちゃんと六精霊のほうが」

「構想を練《ね》っていたところで依頼の旅に出ると聞き及びまして、同行させていただけないかとコネとカネを総動員して神官長にお願いしたのです」

話を聞いていない。手を握られたままぐいぐいと迫られて後ろに下がる。眼鏡越しにこちらを見るのは太陽のような黄金色の目だ。部屋の中でも輝くようなそれを前にペコラの脳裏に何かがよぎった。

(この色、どこかで……)

「神殿の取り組みや巫子の実情を知ってもらうチャンスと思って！」

「──その辺で」

そこでリベリオが鞘《さや》に入ったままの剣をペコラとキースの間に割り込ませた。掴んでいた手を離させてペコラを自分の後ろに隠す。

「失礼しました、どうにも夢中になる性質で……」

眉を下げて頭を掻いた彼は、今度は冷ややかな目をリベリオに向ける。

「僕は巫子という存在に興味があるのであって、神官騎士には一切魅力を感じていないのですが」

「奇遇ですね。俺も学者に一切興味はないので」

(あわわわ)

なんだか一触即発の雰囲気を前にペコラは動揺していた。誰とでもそつなく接するリベリオのこんな姿は珍しい。

「オホン、ゴホン」

存在を完全に無視されていた神官長がそこでまた咳払いをした。

「キース殿はあくまで巫子と精霊について研究したいそうだし、神官騎士一の実力者であるリベリオ・ランバース君にはここに残って後進の訓練をお願いしたいのだが？」

「断ります。俺はペコラ様の専属騎士なので」

「私はこの神殿の長《おさ》だぞ！　命令が聞けないのか！」

「あ？」

神官長の怒鳴り声にリベリオが応じた瞬間、空気が揺れた。

「リベリオさん、落ち着いて」

苛立ちをあらわにしているリベリオの服をペコラが引っ張ったその時だ。

「――失礼します！」

ノックもせずにニナが部屋に入ってきた。しかもその後ろでは六精霊が全員具現化して臨戦態勢になっている。ペコラの胸元くらいの身長しかないニナはつかつかと部屋を横切って、神官長の机をバンと叩いた。

「ペコラ様の依頼旅、私も同行させていただきます！」

「もしかして立ち聞きしてた？」

「ペコラ様というかけがえのない存在が、各地の依頼でどんなふうに人々を救っていくのか……これを心のメモリーにおさめるのが私の使命！」

ペコラのつっこみを完全無視してニナは言葉を続けたが、神官長はあっさりと首を振った。

「無理です。ニナ様には依頼がひっきりなしに入っていますし、こんな暇な巫子と一緒には」

「アトウッド、イグ」

「はい」

愛し子の呼びかけに精霊たちが動く。木の精霊アトウッドが手を翳《かざ》すと地面からみるみるうちにツタが伸びてきて、太った神官長を拘束《こうそく》した。

「おいてめぇ、ニナの提案に何か文句でも？」

火の精霊イグが動けない神官長の胸ぐらを掴む。その拳には炎が宿っていて、一瞬で汗だくになった神官長が真っ青な顔で叫んだ。

「い、いえ、文句というかその……っ本当に依頼が」

「ニナちゃん、それ以上はダメ」

「だってペコラ様！」

ニナは振り向いてペコラにしがみついた。

「あの業突《ごうつ》く張《ば》りがペコラ様の尊い旅に同行させないって言うんですもの！」

アトウッドとイグ以外の精霊にも囲まれてがたがた震えている神官長を指す。

「ニナちゃんが忙しいのは本当でしょう」

今やニナの巫子としての人気は圧倒的だ。原作では力の行使に不安があって、それを律するために旅に行く設定だったが、今のニナと彼らの絆《きずな》は本物だ。

「行かないでください！」

「数ヶ月留守にするだけだよ？」

さすがにこんなに心配してくれるニナに、依頼旅へのミーハー心があるとは言えない。

「じゃあせめて精霊を連れて……デニスでもメリルでも」

やけに食い下がる。ペコラは少し屈《かが》んで、自分よりよほどしっかり者の少女と目を合わせて笑った。

「お土産《みやげ》買ってくるから」

「そうじゃない！　でもそこを気にするペコラ様可愛い！」

叫んでニナは視線をおとした。

「……私も一緒に行きたいんです、依頼なんて全部後回しでも……」

いつもは聞き分けのいいニナの頑《かたく》なようすにペコラも困った。

ニナの力は貴重だ。今も彼女に救いを求める人は大勢いるし、巫子である以上、依頼人を無下《むげ》には出来ない。彼女の気持ちはとても有難いのだけれど、そもそもそうやって精霊との絆《きずな》を深めていくものだし……というのを彼女もわかっているはず。

「ペコラ様とリベリオ様の二人旅を目に焼きつけられないなんて、耐えられない！」

いや、わかっているのだろうか。

――キュ、キュ、キュ。

ダンゴムシは泣き出したニナの頭に乗ってよしよしとその頭を撫でている。

「とにかく、奉仕に軸を置く神殿としてニナ様の同行は不可能です」

そこでようやく襟元をゆるめて威厳を取り戻した神官長が口を開いた。

「私も忙しくてこれ以上話し合う時間もないですし、専属騎士の随行は認めましょう。ペコラ様は準備が出来次第、出発してください」

「は、はい」

「話は以上です。キース殿だけは少し話があるので残ってください！」

さすがに大暴れしすぎたのか、部屋から追い出されてしまう。

ぱたんと扉が閉じた廊下でペコラは息を吐き出した。まだ文句を言い足りなさそうに中をうかがっているニナとリベリオの背中を押す。

「二人とも、人に迷惑かけちゃダメでしょ」

「だっててぇ……」

「一発殴ればよかった。あのガキ、ペコラ様にべたべた触って」

「そういえば、今、部屋にもう一人いましたね」

ニナが首を傾げた。

「キース・ウォーカーさん。王立学園の教授で、巫子と精霊を研究したいんだって。依頼の旅に一緒についていきたいって」

「……じゃあ、三人旅……ですか？」

「う、うん、多分」

リベリオとニナが話の腰を折りまくったのだが、おそらくそういう形になったはずだ。結局キースの申し出を断りきれなかったのが悔やまれる。そこでニナは肩の力を抜いた。

「キース教授、わかっている人ですね」

「……まぁ、ペコラ様の力に目をつけたことだけは褒めてもいいです」

――キュウ。

ニナにリベリオが腕を組んで同意する。まだニナの頭の上にいるダンゴムシもうんうんとうなずいた。

いつもながらこの三人からの信頼はペコラには過分でむずがゆい。

けれど心からそう信じてくれているのはとてもよく伝わってきて、嬉しい。ペコラは背中を押す手から力を抜き、感謝を込めて二人の腕に自分のそれを絡めた。

＊　＊　＊

キースと二人だけになり、神官長は静かになった部屋の中で大きく息を吐いた。

（まぁ、うまくいったか）

予定通りにことが運んでほっとする。でっぷりと太った最高権力者は窓から外を見た。

廊下を精霊の愛し子たちが歩いている。寝泊まりしている宿舎に向かうニナとペコラ、リベリオの姿もちらりと見えた。

ペコラが二人の間に入って腕をそれぞれに絡めている。ニナとリベリオがそれを振り払うことなく嬉しそうに視線を向けているのを見て、彼は苦々しく舌打ちした。

（あの落ちこぼれと一緒にいてはニナ様の力にも影響するかもしれない）

四度目の試験でようやく合格した、ものを土に変える精霊の巫子。相変わらず行使する力は最低限で、精霊はみずぼらしい虫の形。何より高貴な神殿のイメージを崩すように貧民街で貧乏人に交じって泥まみれで活動している。そしてそれをニナにも強要しているらしい。

歴史上類を見ない六精霊の愛し子であるニナは神殿のみならず人類の宝だ。万が一にでもペコラに影響されて力の衰《おとろ》えがあれば、競争相手を蹴落とし賄賂《わいろ》で今の地位についた自分の名誉にかかわる大問題である。

（今回は三ヶ月、帰ってきたら半年……そのうちに地方の神殿に飛ばしてしまおう）

完璧なプランに、肉のたるんだ頬を撫でながら神官長は笑った。

「しかしキース殿、本当に研究相手はあの巫子でいいのですか」

「ええもちろん」

キースも窓から外を見ている。神官長は気弱そうなその背中を叩いた。

「高い寄進料を払ってくださっているのだから、もっと別の優秀な巫子にすればいいのに！」

「おや、神官長はあの有用性をご存じない」

「有用性、ですか？」

キースの言葉が理解出来ずに首を傾げる。

「まぁいいです、今日は酒と料理を準備させますからどうぞゆっく、り……」

キースにソファセットを示したところで神官長はふらりと体勢を崩した。立っていられないような眠気に襲われて、彼はそのまま床に倒れた。

「……ふう」

倒れた神官長を前にキースは眼鏡を外した。窮屈そうに頭を振るとその途端、黄金よりもまぶしい金の髪が足元までばさりと伸びる。

同じ色の長い睫毛《まつげ》の下から覗くのは神々しいまでの金の目だ。顔は素朴《そぼく》な印象が払拭《ふっしょく》されて輝くばかりの美貌に変化していて、ここに誰かがいれば目が潰れるか這いつくばるかだろう。

キースは倒れている神官長に手を伸ばした。触れずともその身体がふわりと浮いて、ソファに横たえられる。

「あの邪《よこしま》な者が何を企《たくら》んでいる」

彼は部屋に残るわずかな邪神の残り香を軽く手で払った。

騎士の格好をして平然と人々を試す赤い髪の男。彼の目的がなんなのか、確かめるのは己の義務だ。何千年と敵対し、一時は人間や生き物の大多数を巻き込んで戦争を行った仇敵《きゅうてき》なのだから。

「僕の統治する世界にふさわしくないものめ……今度こそ消滅させてやる」

美しい唇からそんな言葉がこぼれ落ちた。教授と身分を偽《いつわ》った『キース・ウォーカー』が、己が敵対する正神ということに邪神は気づいていないようだ。利は彼にあった。

「さてどうやって力を弱めてやろうか、……っうわ」

微笑みを浮かべながら一歩前に出る。絨毯《じゅうたん》の下にわずかに段差があって、正神は床に倒れた。

「くっ、この人の身というものは不自由すぎるのだ！」

すやすやと神官長の寝息が聞こえる部屋で、正神は悔しそうに床を叩いた。

＊＊＊

出発の日、神殿内にある転移陣の前にはすでにキースが待っていた。

眼鏡をかけ、やせぎみの身体には不釣り合いな大きなリュックを背負った彼は旅姿のペコラを見て目を細めた。

「この度《たび》はご無理を聞いていただきありがとうございます」

「こちらこそよろしくお願いします」

ちらりとリベリオを見ると、彼はむすっとした表情を隠さずにキースを見ていた。

（本当に珍しいなぁ）

リベリオは普段、他の神官騎士と仲がいい。それこそ人当たりがよくて騎士だけでなく神官や巫子にも頼りにされている。

「三角関係……いえ、ダンゴムシくんを入れて四角関係ですね」

「ニナちゃん」

隣でうっとり呟くニナにつっこみを入れる。

一つ目の依頼地は前にも訪れた、彼女の出身地でもあるエルモ地方だ。

「ニナちゃんのご両親にも挨拶してくるね」

「私は元気だと伝えてください。あとこれ」

ニナがその足元に置いていた一抱えほどの袋の口を開けた。ペコラが覗き込むと中にはいろいろ実用的なものが入っていて、思わず微笑んだ。

「ご両親にお土産《みやげ》ね」

「いえ、ペコラ様用です。親には定期的に送っているので気にせず。胃薬や風邪薬も一袋ずつまとめておきました。フェザーに頼んでフリーズドライした野菜や果物と、これはお湯をかけるとすぐ飲めるスープに……」

「……」

どこに入っていたのかと思うくらい、次々に品物が取り出される。

「あとこれは応急処置セットです」

簡易な包帯や消毒液の入った箱を手渡して、ニナはじっとペコラを見上げた。

「危ないところには行かないでくださいね。ちゃんと休息して、しっかり食べて」

「う、うん」

「それと……邪神教には近づかないでください」

「それは、もちろん」

先日、各地で勢力を強めているという噂《うわさ》を耳にした邪神教だったが、リベリオの宣言通り、最近信者が大人しくなったと聞いている。

特に近づく理由はないし、特にペコラの胸元の愛し子の印が知られたら何が起こるかわからない。

心配そうにじっとこちらを見るニナにうなずいた。

「気をつける」

「私も、すぐに依頼を終わらせて追いかけますから！」

「楽しみにしてるね」

しっかり者で心配性な女の子を抱きしめる。

「じゃあ行ってきます！」

ニナに見送られてリベリオとキースと転移陣に立つ。姿が見えなくなるまでニナは両手を振ってくれていた。

そして一瞬にして部屋の景色が変わり、足元の転移陣の光が薄くなった。

「行きましょうか」

ニナにもらった袋をリベリオが持つ。

（同行者はいるけど、リベリオさんと依頼の旅……）

原作ゲームではリベリオもニナと六精霊と一緒に行動していた。もちろん剣の腕もよく、スチルはとてもかっこいい。ということは推しであるリベリオのあんな姿やこんな姿が見られるかもしれない。

（——楽しみ！）

「あいた！」

後ろでキースが転んだ。石造りの床の段差に足をもつれさせたらしい。

「キースさん！」

駆け寄ろうとしたところでリベリオに腕を掴まれた。

「え、ええと。キースさん血が出ているしニナちゃんの応急処置セットで」

「いえ、平気です。どうにも足元がおぼつかなくて」

「はぁ」

眼鏡の件といい、天然なのだろうか。足をさするキースを置いたまま、リベリオはペコラを引っ張って歩き出す。

――キュウウ……

不仲な二人を見て心配そうなダンゴムシと一緒に息を吐く。そんな凸凹《でこぼこ》メンバーで旅はスタートした。

＊　＊　＊

見送った後、ニナは次の依頼に向かうべく廊下を全力疾走していた。

「急いでペコラ様を追いかけないと――わっ、っと」

気が急《せ》いて階段を踏み外す。けれど尻餅をつきかけたところで、ふわりと風がクッションのように渦《うず》を巻いて衝撃を和《やわ》らげた。

「ニナ、大丈夫？」

「ありがと、フェザー」

助けてくれたのは風の精霊だ。薄氷色《うすらいいろ》の髪に虹色の瞳。見た目は今のニナの年にも近い少年姿。被っている帽子には虹色の羽が差し込まれている。

微笑んで差し出されたその手をとって立ち上がると、少年は「どういたしまして」と片目をつむって姿を消した。

「……ふう」

ニナは妙にどきどきと鼓動する胸を押さえた。

転びかけたからではない、ペコラが旅に出ると聞いた時から感じていた小さな不安のせいだ。

前世で遊んだゲームの追加ディスク。ニナが来る前のことが描かれたそのラストエピソードが、ペコラとリベリオの二人旅だった。本編のニナと同様に精霊の力を高めるための旅に出て、互いの絆《きずな》を深めて……そして二人は永遠に離れ離れになる。

「そんなこと、ないよね」

今回は三人の旅だ。それに自分の年齢から考えてもこの旅が行われるのは数年後のはず。一応ペコラに来ている依頼も見せてもらったが、追加ディスクのものとは内容が違っていた。

（大丈夫、だいじょうぶ）

これはしばらく二人に会えなくなる寂しさのせいだと言い聞かせて、ニナは一刻も早く仕事を終わらせるためにまた駆け出した。

第六章　奇跡の泉

「お久しぶりです、ペコラ様」

以前も会ったエルモ地方の神官が出迎えてくれた。ペコラが見出したニナの活躍はこちらにも届いているらしく故郷の誇りだという話をする。挨拶を終えて早速、依頼の話に入った。

第一の依頼は、アルー村という場所で発生している原因不明の野菜の病気をどうにかしてほしいというものだ。カビが生えたりダメになったりと、農業で生計を立てている村人が心底困っているという話を聞く。

「すぐに村まで馬車の手配をしますね。あと、最近は少し大人しくなりましたが、邪神教徒には十分お気をつけください」

穏やかな雰囲気の神官はそう言って馬車を用意してくれた。

神官に見送られて神殿を出て森の道をのんびりと進む。馬車といっても貴族が使っているような立派なものではなく幌《ほろ》で覆《おお》われた乗合馬車の型で、素朴《そぼく》な木の床に座って流れていく景色をのんびり見た。

ペコラの隣にはリベリオが座り、少し離れた向かい側にキースが腰を下ろしている。

——キュキュ、キュ。

ダンゴムシは故郷の雰囲気に近い森や土の匂いにご機嫌で、馬車の中をちょこちょこと移動している。そしてキースに近づいたところで彼にむんずと掴まれた。

——キュッ！

「王都では動物型や人型はよく見るけど、虫型は珍しいですね」

——キュウゥゥ？

一瞬びっくりしたようだが、ひっくり返されたり触角に触れられたりしてもダンゴムシは大人しくしていた。そのダンゴムシを手にキースがメモを取る。

「キースさんは今まではどんな研究をしてきたんですか」

聞くと彼は手を止めて少し宙を眺めた。

「そうですね、天文学に史記に物理に……この世界のしくみをどういう視点で皆が見ているのか調べるのが面白くて、研究室は本であふれてますよ」

金色の目が眼鏡越しにペコラを覗く。思いもよらず精悍《せいかん》な顔を前にどきっとしてしまった。

「この精霊とはどこで知り合ったんですか？」

「孤児院の近くの森で遊んでいる時に出会って、……その時は子どもだったので精霊とは知らなかったんですけど」

——キュウ、キュウ！

ダンゴムシがキースの手を離れてペコラのところに飛んでくる。軽くペチペチ叩かれてペコラは眉を下げた。

「ごめんね、大きなダンゴムシだなぁって思ってたの」

こんなやりとりも、もう両手では足りないほどだ。両親の顔も知らずに育ったペコラにとっては、ダンゴムシは親友で家族だ。

神殿の人がたまたま見出してくれなければここがゲームの世界とは知らず、そのままどこかで誰かと恋に落ちて結婚していたかもしれない。キースはメモを取りながら言葉を続けた。

「巫子と精霊の関係についてあなたはどう思いますか？　この世界に精霊は数多《あまた》いるけれど、どうしてその子を選ぶのか」

——キュー？

「うーん、そうですね……」

研究の一環だと気合を入れて、少し考える。

巫子の存在は少ない。精霊の声を聞いて人々の願いを叶えるのが巫子の使命だとされているが、人類皆を救うことは出来ない。全員が恩寵を受けられるわけではない以上、そこには選別があるはずだと、キースは言葉を続けた。

「どうしてダンゴムシくんは私を選んでくれたの？」

——キュ！

聞くとダンゴムシがひしっとペコラに抱きついた。

——キュッ、キュッ。

「うん、私も大好きだよ！」

好意を最大限に伝えてくれるダンゴムシを抱きしめる。ふとした出会いが未来を変えるというなら、今もそうなのだろう。ペコラはダンゴムシを抱いたままキースに聞いた。

「私、何かしたほうがいいですか？」

「いつも通りでかまいませんよ。ありのままを論文にさせていただくので」

それはそれで緊張する。キースには落ちこぼれであることを口すっぱく伝えたのだが、それをあまり信じていないのをひしひしと感じていた。

（……実際、現場を見てがっかりされるのだろうな）

そこで静かに目を閉じていたリベリオが、キースを見て口を開いた。

「先に言っておくが、俺は旅の間ペコラ様以外を守るつもりはないからな」

――キュ!?

「リベリオさん、そんな言い方」

いつもより口調がきつい。ダンゴムシとペコラが戸惑いの声を上げたが、リベリオとキースは静かに視線を合わせたまま微動だにしなかった。

さすがのペコラにも緊迫した空気が伝わってくる。邪神である彼なら暴漢の一人や二人や五十人はどうにでも出来るだろうに。

「ああ、僕のことは気にしないでください」

キースはペンを手で回しながらケロリと言葉を返した。

「君は大事な巫子だけを守っていればいい」

（うう、……なんだかピリピリする）

ペコラは緊張感のある馬車の中でひたすら縮こまっていた。そのまま時間が流れて、御者《ぎょしゃ》の「着きましたよ」の言葉に一番に馬車から飛び降りた。

「さぁ行きましょう！」

先頭に立って村に赴《おもむ》くと、すぐに村長が歓迎に出てきてくれた。白いひげが印象的な彼はペコラにうやうやしく頭を下げた。

「ありがとうございます巫子様、遠路はるばるこのようなところまで」

「畑が大変なことになっていると聞きました、案内してもらえますか」

「ええ、こちらです」

目的の畑は村の端にあって、確かに実っている野菜の二割ほどに妙なカビが生えていた。ツルや葉にも同様だ。

「巫子様なら一瞬で浄化してくださいますよね。巫子パワーで！」

村長が両手を畑に向ける動作をした。

「み、巫子パワー……」

そうなのだ。精霊の愛し子の依頼旅といえばニナのような奇跡の力が当たり前で、王都から巫子が来たという噂《うわさ》に、村中の人が好奇心いっぱいに畑に集まっている。

期待に満ちたキラキラした目が――キースも含めて――巫子のマントを羽織っているペコラに注

がれる中、そっとカビが生えた野菜をひとつ手に取った。

「ダンゴムシくん！」

――キュ！

肩の上で頼もしく応じてくれたダンゴムシとうなずき合って目をつむる。精霊経由でカビたちと対話を試《こころ》みた。

(これは大事な食べ物なの。増殖をやめてくれないかな)

――そんなことを言われても～。

――仲間がいっぱいだもんね～。

しぶとい。一度顔を上げる。手の中のナスのようすは変わっていない。もちろん畑も同様である。

それでも何度も説得を繰り返した。

「……なんかこう、全体的に地味ね」

「本当に巫子？」

(すみません本当にすみません)

何の変化も起こっていないことで、村人がひそひそと話をしているのが聞こえる。

時間が経つうちに飽き始めた村人たちはだんだん減っていき、村長も用事があるからといなくなってしまった。……そして一日かけて、ようやく菌たちはこれ以上畑にカビを生やさないことを約束してくれた。

「ふうっ」

一仕事終えて汗を拭く。畑の見た目は変わりがないが、これ以上被害は増えないはずだ。ダンゴムシも力を使いはたしてペコラの頭の上でぐったりしていた。

依頼が終了したという報告を受けて村長がやって来たのは、しばらくしてからだった。

「終わりましたか！」

「はい。菌は説得したので、もうこれ以上被害が広がることはないと思います」

「えっと……巫子様……」

村長が戸惑った表情で畑を見回して首を傾げた。

「精霊の力はいつ使うんですか？」

「もう使いました！」

――キュ、キュキュ！

真顔で質問されて思わず叫ぶ。ダンゴムシもぷんすこと抗議し、そばで見守っていたリベリオが腕組みをしながらふんぞり返った。

「これがペコラ様の奇跡の力だ。凄さがわからない愚民が」

「巫子パワー……」

「リベリオさんやめてください、恥ずかしいです」

キースはそんな一部始終をメモしていた。

疲労感に襲われながらカビの生えたツルや植物をぷちぷちともいでいく。さすがにすでにダメになった野菜はペコラの力ではどうしようもない。

（それに、カビも一生懸命生きているしね）

リベリオやキースにも手伝ってもらってカビの部分があらかた取り除かれた野菜畑を見渡す。

すでに日暮れに近い時間で、野次馬に来ていた村人はいなくなっている。けれどそれだけでなく、どこか村中がやけに静かな感じがした。期待感に胸を膨らませていた時間が過ぎれば、遠目から見る村人は元気がなく窓も締め切っている家が多い。

「また何かあれば呼んでください」

「……あの」

帰り際、村長が何か言いたそうな顔をしたが彼は首を振って頭を下げた。

「ありがとうございました、巫子様」

見送られて馬車に乗った。すでに日が暮れた森を動き出した馬車の中で、ペコラは両手を握った。

（一つ目の依頼、達成！）

疲労感はあるがやりきった満足のほうが大きい。

（まぁ、難易度Eくらいかな……ふふ、それでも一日かかっているけれど）

我ながら悲しくなる力具合だが、それも依頼旅で変わってくるかもしれない。ペコラは元気よく神殿付きの御者《ぎょしゃ》に声をかけた。

「次はどちらでしょうか！」

「今日はもう遅いですし、よかったらニナ様の村に向かいますか？」

「それはぜひ！」

神官からそう言い含められていたようだ。朝、笑顔で送り出してくれた神官を思い出す。粋《いき》な神官によって村にはすでに連絡が行っていたらしく、ニナの父親が歓迎してくれた。初めてニナに会った時からもう半年以上過ぎている。父親の酒場は前以上に賑やかだ。ニナの噂《うわさ》はもちろん届いていて皆喜んでようすを聞いてきた。

「ニナちゃんは村の誇りだな」

酒場の常連客が言う。リベリオと御者《ぎょしゃ》は飲み比べの席についていて、キースは今日のことをまとめたいと部屋に籠《こも》っていた。

お店のおごりでお酒がふるまわれて上機嫌な彼らの間を軽やかにすり抜け、すっかり元気になったニナの母親が料理を運んでいる。

「あの時、ペコラ様が来てくださらなかったらどうなっていたか」

ニナとよく似た彼女が目を見張るほど大きなパイをペコラの前に置きながら微笑んだ。

「あの子は邪魔していませんか？　ペコラ様を追いかけて飛び出していったから心配で」

「しっかり者で、私のほうが助けられています」

次にテーブルに載せられたのは香ばしい匂いのする肉の塊《かたまり》だ。ペコラの数倍はある腕の筋肉を見せつけながら父親は白い歯を見せて笑った。

「ニナの命の恩人でもあるから懐いているんでしょう。ちなみに今回の依頼はどういうものだったのですか」

「アルー村で野菜の治療を」

そこまで言ったところでぴたりと父親が動きを止めた。不思議に思うと、彼は少し身体を寄せて囁《ささや》いた。

「……身体の具合は大丈夫ですか？」

「え？」

「……実は噂《うわさ》がありまして、……その村に疫病《えきびょう》が出ているかもしれないと」

「っ本当ですか！」

思わず立ち上がると父親が慌てて手を振った。

「あ、いえ、あくまで噂《うわさ》です。こんな辺境の村々で疫病《えきびょう》が出ると村ごと焼き払われたりするので、真偽も明らかではないのですが……でもそうですか、情報が漏《も》れるリスクを冒《おか》しても巫子を呼ぶくらい切羽詰《せっぱつ》まっていたのかもしれませんね」

村長のようすを思い出す。畑の仕事が終わった後、何か言いたそうだった顔も。

「詳しく聞かせてくださいますか？」

父親もあまり具体的にはわからないそうだが、まことしやかに伝わるのは腹痛や悪寒などの症状に見舞われる者がいるということだ。一家全員が罹患《りかん》したかと思うと、隣の家や診察した者は全く何事もないこともある。老人や子ども、怪我人が命を落とす場合があるらしいということ。

聞いた限りではよくある感染症ではなさそうだ。

「……アルー村に戻ります」

「今からですか!?」

「はい」

鞄を肩にかけると何事かと村人たちの視線が集まった。

もう夜も遅いがじっとしていられなかった。村の違和感に気づきながら畑の問題だけで満足したペコラの落ち度だ。

「ですが、御者《ぎょしゃ》は」

「馬で行きましょう」

お酒を飲んでいたリベリオがいつの間にか後ろにいた。御者《ぎょしゃ》は酔いつぶれたようで店の端で眠っている。

「リベリオさんも酔って……るわけはないですね」

聞くとにっこりとリベリオが微笑んだ。きっと酒場や村どころか、大陸中の酒を飲んでも酔わないのでは。

「キースさんに声をかけてきます」

「……いいじゃないですか、あいつは」

「そういうわけにはいきませんよ」

二階に上がってキースの部屋のドアを叩く。けれど中からは何も反応はない。

起こしてまでつき合わせることはないだろう。ニナの父親に伝言を頼めば、明日の朝、御者《ぎょしゃ》と一緒に追いかけてくれるはず。

夜更け前の村から出て、馬を借りてリベリオとともにアルー村に向かった。

真っ暗闇でも彼の手綱《たづな》さばきは確かなもので、前に乗っているペコラは振り落とされないように必死に鞍《くら》のでっぱりにしがみついた。

そして誰の目もなくなったところで、口を開いた。

「……疫病《えきびょう》がアルー村に出ていたという話は本当ですか」

災厄の邪神はわずかに顔をしかめて首を傾げた。

「疫病《えきびょう》というほどではないですが、妙な病の気配はありましたね」

「……言ってください」

単純に目標達成したと喜んでいた自分が恥ずかしくなる。苦しんでいる人たちがすぐ近くにいたのに気づかなかった。それを呟くとリベリオはふと笑みをこぼした。

「村長は畑でペコラ様を試したんですよ。そして能力を勝手に判断して病のことを話さなかった。依頼にはちゃんと応えているのだから何か問題でも？」

「——それは、私が力不足だからで」

ニナが来ていたならきっと結果は違っていた。木の精霊が一瞬で畑を綺麗にして、光の精霊が村人を治していた。

(ああダメだ)

ニナのような力があれば、なんて考えてしまったことを後悔する。

自分が出来ることが少ないことはわかっているじゃないか。うつむくと、リベリオが馬の速度を落として止まった。頬に彼の手がかかる。

「ペコラ様……そんなに絶望して」

「よし！　くよくよしてても仕方ないですね、リベリオさん急いでくださいお願いします！」

握りこぶしを作って顔を上げると、珍しくびっくりした顔のリベリオがそこにいた。

「……は、はは」

ペコラから手を離した彼が口を押さえて肩を震わせた。そのうち本格的に笑い出して、困惑する。

「どうしたんですか？」

「いえ別に……っく」

笑いが止まらないらしい。しばらくして涙をぬぐった彼は何も言わずにまた馬を全速力で走らせた。


夜中にもかかわらず、ペコラが神官騎士とともに戻ったことを知った村長は慌てて寝間着のままやって来た。

「村で疫病《えきびょう》が流行《はや》っているそうですね」

聞くと彼は視線をそらした。

「患者を診《み》させてください、何か出来ることがあるかもしれません」

「いえ……結局野菜も、カビが生えたのは破棄されていたでしょう」

「ぐっ」

確かに侵食を止めただけで治してはいない。菌や細菌が見えない人たちからすると、病気の者はそのまま見捨てられると思われても仕方がない状況だ。

（村長さんは、村人を守ろうとしているんだよね）

小さく息を吸う。今の自分は神殿から派遣されてきた巫子だ。力不足を理由に何もせず引き下がっていては、せっかくの依頼旅が台無しだ。

「わかりました、無理は言いません。……病の原因は何かわかっていますか？」

「おそらく飲料にしている沼地の水です」

「ではせめて、そこに案内していただけませんか」

夜中だというのに、村長は意外にも素直に応じてくれた。数人の村人とともに森のけもの道を、月明かりと松明《たいまつ》を頼りに進んでいく。

「先日、地震があって今まで使っていた泉が埋まってしまったんです。……なので、代替えでこちらに」

そうして案内されたのは森の中にある深い沼だった。

近づくだけでも異臭がする。さすがに飲み水には適していないのは一目でわかった。

「この辺は地盤が固くて水源がなく、今、いくつかの村で協力して飲み水になる泉を掘っているところなんですが……」

村長が顔をしかめる。病気が出てもそれまでの辛抱《しんぼう》だというのだろう。ペコラはそっと、松明《たいまつ》の光に照らされる緑色に濁りきった水に手を差し入れた。確かに野菜にもついていた細菌が多い。この水を野菜の水まきにも使っているのだ。

「上に報告するのは勘弁していただけませんか――疫病《えきびょう》が知れたら、領主から村を焼かれかねない」

村長の言葉で草むらが動く音がして、暗闇の中に鍬《くわ》や斧を手にした数人の影があるのがわかった。

それを見てリベリオが油断なく腰の剣を抜く。

「ま、待ってください！」

今すぐにでも襲いかかってきそうな村人を止める。どう考えても返り討ちにあうのは彼らのほうだ。

「私がこの沼の水を使えるようにします」

――キュ、キュ。

頼もしくダンゴムシが同意した。

「どれくらいで」

「……一ヶ月ほどいただけましたら……っ」

正直に言うと、村長や取り囲んでいる村人たちが顔を見合わせた。

「……なんか、やっぱり地味だな」

「巫子の偽物じゃないか？」

「村長、騙されてないか神殿に一度問い合わせたほうが」

（聞こえています皆さん！）

「私だって一撃で泉を掘れるものなら……！」

ペコラは地面に手をついた。その瞬間、ぼごっと大きな音がした。

「へ」

そのまま手がめり込む。慌てて手を引き抜くと地面が抉《えぐ》れて水があふれ出した。星空の下、大量の水が宙に噴き出して中心にいるペコラはまともに水を浴びてびしょ濡れになった。

「な、なにが」

「おおおおお！」

歓声が上がる。一瞬にして湧き出した泉を前に、ペコラはずぶ濡れでリベリオの隣に移動した。

「り、りりリベリオさんんん……!?」

水に濡れながら狂喜する村人の後ろでリベリオを引っ張る。どう考えても彼のしわざだ。びっくりしておさまらない心臓のまま身体を揺さぶると、リベリオはきらめくような笑顔をペコラに向けた。

「ペコラ様の偉大さを見せつけるにはこうするのが早いかと思って」

「爽《さわ》やかに言ってもダメです！」

「ああさすが巫子様！　なんですかもう焦《じ》らして。やれば出来るじゃないですか！　信じていましたよ巫子パワー！」

村長がペコラの手を取る。先ほどとはまるで違う態度にむしろ申し訳なくなった。

「違うんです！　私はそんな力は」

「ええ、ペコラ様は焦《じ》らすのがうまい。夜のあの時も」

「リベリオさんは黙っていてください！」

目の前ではまだじょばじょばと水が湧き出していた。

夜で足元が悪いこともあり、泉の整備は明日からということになった。村長は上機嫌で、病人もぜひ診《み》てもらいたいとお願いをされる。

(今度こそ、依頼達成だよね)

夜明けまであと数時間だが仮眠にと村長の家の一室を借りた。ずぶ濡れの身体を拭いて、ベッドの上でペコラはほっと息を吐いてダンゴムシを抱きしめた。

——キュウ。

「明日もよろしくね」

「俺にはよろしくしてくれないんですか」

「ひっ」

——キュッ!

いつの間にかリベリオが部屋の中にいた。

「ど、どうしたんですか」

「村長が闇討ちしようとしていたのを忘れているでしょう、今日は俺もここで寝ます」

まだ装備を解いていないリベリオがそう言ってベッドに乗ると、彼の重みでぎしりと揺れた。伸びてきた手がペコラの頬に触れ、長い指が意思を持って指に絡む。

「ところで、神殿から出たことですし」

夜の中で色気をまとったリベリオが艶《つや》めいた微笑みを浮かべた。

「気分を変えて宿で、というのはどうですか」

「っ」

服で隠れている愛し子の印が熱を帯びる。

（宿エッチ、……っ依頼旅の夜イベント……だけど！）

そろりとペコラは手を離した。

「ダメです、明日も早いですし……っ旅の間は禁止！」

「じゃあ旅が終わったらいいんですね」

「い、っいいわけ……ううう」

そこではっきり否定出来ない、推しからのお誘いである。言葉を濁したペコラの額にリベリオが口づけした。

「真面目なのに快楽好きなペコラ様可愛い」

「――もう、今日は疲れたから寝ます！」

「ええ」

リベリオに背中を向けてベッドに横になる。そのペコラの頭を彼がさらりと撫でた。

「俺が見張ってますからゆっくり休んでください」

触れる手はいつもと違って熱をあおらない優しいもので、すぐにとろとろと眠気がやって来る。

「……明日から忙しくなるでしょうし」

そんなリベリオの声を聞いたか聞いていないかのところでペコラの意識は闇に落ちた。

「いやぁ、地面に手を置くだけで泉を湧かせるなんてすごいですねペコラ様。あれもダンゴムシくんの力ですか」

翌日、話を聞いてやって来たキースは感心しきりの顔でメモをとった。

「えっと、たぶん、はい」

「見たかったなぁあ！　まさか部屋に入った途端、熟睡してしまうなんて……っしかも、湧いたのがなんと奇跡の泉！」

本気で悔しがるキースから視線をそらす。ペコラの後ろで平然とした顔のリベリオを見て、ペコラは拳を握りしめた。

（もうちょっと加減というものが……）

水資源に乏《とぼ》しく、汚れた水でも我慢して使わなければならなかった村に新しく泉が出来ただけでなく……どうやら呑むと治癒、体内を浄化する魔力も宿っているらしいことが判明した。朝早くから動き出した村人の手によって、すでに具合の悪いものが飲んで病気から回復してしまったのだ。

畑に撒《ま》くとみずみずしい野菜が光を放つ。村人たちは皆大騒ぎしていた。

「さっそく泉の水を引く手筈を整えないと」

「水場も新しいのにしましょう」

わいわいと皆で話し合うのを見て、ペコラは息を吐いた。とにかくこれで一安心だ。

「では私はこれで」

「失礼する！」

村の入口に厳しい顔をした見知らぬ一団が現れたのはその時だ。さらに別の方角からも。それを見て村長が朗《ほが》らかに手を上げた。

「おお、これはイルー村にウルー村の！　聞いてくれよ、巫子様が泉を湧かせてくれたんだ」

村長はその一団を迎え入れてことの経緯を説明した。

「私に言えばそちらの二村にもいつでも水を融通《ゆうずう》するから」

「――ちょっと待て」

黙って聞いていた、イルー村の代表者が口を開いた。

「まさか、泉をアルー村が独占するつもりじゃないだろうな」

「独占って、これはうちの泉で」

「何を言っているんだ！　巫子様が我らのためにと掘ってくれたのだろう」

（ん？）

「ペコラ様に依頼を出したのはうちの村だぞ!?　うちに優先権がある！」

アルー村の村長が言うとウルー村が声を上げた。

「それを言うならうちだって依頼を出してるぞ、たまたま順番が早かっただけだろう！」

「新しい水源を見つけた後は、三つの村で分け合う約束だったはずだ！」

（あれ？）

そこからは村人たちののののしり合いになった。アルー村、イルー村、ウルー村それぞれの人間が対立し、口喧嘩《げんか》をしているのを見てペコラは青ざめて後ろに下がった。

「ど、どうしてこんなことに」

「水の利権は古今東西揉《も》める要因ですよ。はぁ、いいな。見慣れた光景だ」

「うっとりしてないで止めないと！」

騒ぎを傍観しているリベリオに言うと、彼は思案する表情になった。

「各村の分、泉を掘りましょうか？」

「なんでしょう、一帯が地盤沈下する気がするので却下で。みなさん、落ち着いてください！」

すでに殴り合いになり血を出している者もいて、慌てて喧嘩《けんか》の中に入る。けれどペコラが間に入っても彼らに声が届かない。

「──喧嘩《けんか》しないでください！」

「うるさい！」

頭に血が上った一人がペコラを振り払う。ふらついたところでリベリオが受け止めてくれた。

「……まったく」

リベリオが呟くと、突然どしゃぶりの雨が降ってきた。ペコラを含めて全員が動きを止めたところで雷鳴が轟《とどろ》いて近くの大樹に雷が落ちた。

「と、とにかく建物に入りましょう！」

一時避難という名目でアルー村の講堂に入った。だが先ほどと異なり、みんな無言で視線を交わすだけだ。重苦しい空気が部屋の中に流れて、端のほうにいるペコラはいたたまれない。

雷鳴はますますひどくなっている。夜のような暗い部屋の中にはランプがいくつか灯されているだけだ。動いたら刺されそうな空気の中、暖炉を熾《おこ》そうと動くものもない。

「……あの」

ペコラが手を上げると、部屋中の険悪な視線が集まった。

(怖い、けど、言わないと……)

びくびくしながら、なんとか顔に笑みを作った。

「あの、先ほどのお話なのですが……三つの村で仲良く水を分けるということで……」

その瞬間、全員がため息をついた。

「巫子様、その博愛精神は有難いのですがこれは村の問題です。伝染病の噂《うわさ》が流れる可能性もある中、うちの村が代表して神殿と連絡をとって今回のことに労を割《さ》いたのですから優先権はうちにあります」

「何を言っている、さっきも言ったがうちも依頼を出していた」

「泉探しの功労は平等にするべきだ」

「貴様らは何もしていないだろう！」

(こ、これは……)

堂々巡りだ。優先権を主張するアルー村と、平等を求める二村でらちが明かない。お互いの主張は平行線になって、結局日暮れまで問答を繰り返した。

夜になりようやく解放されて、ペコラは建物の外で頭を抱えた。

「うう、皆さんの議論の声が頭に響く……」

――キュウウ。

ダンゴムシがその頭を撫でる。議論をずっと興味深そうに聞いていたキースが口に手を当てた。

「どうしますか。依頼自体は解決しているわけですけど」

「それは、……」

護衛としてずっとそばについてくれているリベリオは肩を竦《すく》めた。

「あとはもう放っておいていいのでは？」

「ダメです」

村長にお願いして少し病人も診《み》せてもらった。泉の水で軽症の者は回復しているけれど、もともと体力のなかったお年寄りや子どもたちは全快とは言い難い状態のようだ。

継続的に泉の水を飲めばいいのだろうが、話し合いが終わるまでアルー村村長が断固として誰にも水を使わせないと主張していた。

この状況で彼らを放って別の場所になど行けない。

「泉の使用について決まって、患者がいなくなるまでは離れられません」

「さすがペコラ様」

ペコラの言葉にリベリオが口端を上げる。その表情をじっとキースが見ていることに、二人は気づかなかった。

＊　＊　＊

夜半になって、壁を隔《へだ》てた向こうでキースが起き上がる気配にリベリオはわずかに目を開けた。

腕の中ではペコラが静かに寝息を立てている。その愛らしい顔に微笑んで、音を立てないように静かにベッドから下りて身支度を整え、廊下の気配をうかがった。

トン、トンとキースが階下に降りる。明かりをつけないまま暗い窓の外を見ると夜目の利く眼にキースの背中が見えた。

――……キュウ？

「静かにしてろ」

窓際で寝ていたダンゴムシに声をかけて、廊下に出る。扉が開かないように術をかけた。

外に出るがキースはすでに姿が見えない。村はずれで簡易転移陣を使った気配を察知して、リベリオは息を吐いた。

（ニナの村でも、宿屋にいなかったが……どこへ）

気配をたどるのは造作もない。一足飛びに転移陣の気配を追って着いたのは村から少し離れた大都市だ。気配を追って街を散策すると、辿り着いたのは町はずれにあるとある酒場だった。地下への入口に足を踏み出したところで、扉の前で屈強な門番に止められた。

「印は」

門番の眼前に手を差し出す。意識を混濁させると、一瞬ふらついた後、門番はすんなりリベリオのためにドアを開けた。

途端に中から男女の嬌声と叫び声が聞こえてくる。少し前から気づいていた中のようすは、二重扉を開けると確信的なものになった。

マントを着て顔を隠した老若男女が入り乱れて、凄惨《せいさん》で淫《みだ》らな宴《うたげ》を開いていた。すでに正気を失ったと思わしきものもいて、暴力的行為も一部で行われている。

邪神教の集会だ。その空間に入って、リベリオは中を見回した。

何をしているのか確認する気もないが、キースがこの場にいるのを感じる。

(邪神教徒だったか。ペコラ様が愛し子と察して近づいた？　……いや)

そこまで考えて首を振る。キースの言動には少なくとも他意はなかったように思う。

邪神教と銘打っているが、特にリベリオが管轄《かんかつ》している宴《うたげ》ではない。面白い気配があれば気まぐれに参加することがあるくらいだ。人の信仰はそのまま彼の力になるから止める理由も義務もない。

実際、快楽に満ちたこの空間は居心地がいい。

「お兄さん、私とどう？」

「えー、わたしとしましょうよ、ね」

女性がリベリオの手を引く。この場の空気か媚薬《びやく》に当てられたのか目の焦点が合っていない、気だるげな彼女たちを振り払う。その一人の薄い金髪がふわりと光を受けて白色に見えた。

(……連れてきたら、面白い反応をしてくれるだろうな)

表情豊かな愛し子を思い浮かべて、リベリオは踵《きびす》を返した。

奥にいる司教らしき人物は美女に囲まれて淫蕩《いんとう》に耽《ふけ》っていた。そのうちに、半狂乱のトランス状態になった信者が暴れ始め、暴力はあちこちに連鎖する。もちろん止めるものはない。

（帰るか）

興味が薄れてリベリオは酒場を後にした。

＊＊＊

翌朝、起きるとリベリオがペコラの顔を覗き込んでいた。

「おはようございます」

「お、はようございます……っ」

まだ朝も早い。こんな時間からリベリオの顔をドアップで見るのは心臓に悪い。そろりと着衣を調べるが乱れた形跡はなく、腰に違和感もない。何もなかったと知ってほっと息を吐いた。

「ペコラ様」

抱き上げられて彼の膝の上に乗る。そのまま耳元で囁《ささや》かれた。

「回復の泉なんていう柄にもないものを湧かしたので、力が弱まっているんですが」

「……はい」

いつものキスの要求だ。これぼかりは拒否するわけにはいかず、そろりと顔を近づけて唇を合わせると、躊躇《ちゅうちょ》なくリベリオの舌が口内に入ってきた。

「……っん」

いまだ慣れない行為に怯えるペコラの舌の表面を撫でてはもったいぶるように唾液を絡ませる。

そのまま彼の手が、服の上からペコラの胸をこねた。

「ん、んん！」

慌てて口を離す。

「ダメです、キースさんも隣の部屋にいますし」

「出かけてます」

「へ？　どちらに」

まだ陽は昇っていない時分だ。素《す》っ頓狂《とんきょう》な声を上げると、ペコラを抱くリベリオが言う。

「邪神教の集会に。あれは邪神教信者です」

「――っ」

あんな温和で純朴そうな人がまさか。けれど彼を敵視しているリベリオがそんな嘘をつく理由もない。

しかしそうなると今回の依頼旅のメンバーは邪神の愛し子、邪神、邪神教徒ということになる。……知られたらそのまま火あぶりにされそうだ。

「ということは信者のキースさんと邪神のリベリオさん、仲良くなったり」

「しません」

あっさり言われてしまう。そういうものだろうかと思っていると、リベリオがペコラを抱く腕の力を強めた。

「はぁ、キスだけでこんなに俺を働かせるとは神使いの荒い愛し子だ」

逞しい腕の中で、ペコラはそっと彼の背中に手を置いた。確かにいつもより元気がなさそうだ。

(泉は……私のためだよね)

毒の泉もありえたのだから邪神としては破格の行動だ。そのままでいるとリベリオの手が動いて、意思を持って服の裾を持ち上げた。慌ててその手から離れる。

「さ、今日は忙しいですし！　泉も皆で使用出来るようになったらいいですね」

ベッドから出て張り切るペコラを、ベッドに寝ころんだまま片肘ついたリベリオは見上げて。

「そう出来ればいいですね」

邪神らしく、不吉な予言めいた言葉を放った。


そして本当にその通りになってしまった。

その日から、泉の件に対する話し合いが三つの村の代表者で行われることになったのだが、議論は同じことの繰り返しでなかなか妥協点を見つけられない。ペコラも頼まれて会合に参加したが何も出来ないまま数日があっという間に過ぎた。

「どうしてアルー村はそうがめついんだ！　使用料を払えだと!?」

「ウルー村だって人のことは言えないだろう。どうせ観光客を呼んで売るつもりだ」

「イルー村はそんなことしないぞ」

ペコラが何度、平等に使ってくださいと言っても誰も聞く耳を持ってくれない。まさかこんなことになるとは思わなかった。恐るべし水利権。

休憩中には、御者《ぎょしゃ》が山のような手紙をペコラの前に積んだ。

「これ、神殿からお預かりしてきました」

手渡されたのは次の行き先と依頼の書類、そしてどっさりのニナからの手紙だ。一日一度、その日の出来事をすべて手紙に書くように言われていたが、会議と病人の看病に力を使い果たして、部屋に戻るとすぐ眠ってしまって書けていない。軽く目を通すと途中から手紙の催促《さいそく》の手紙になっていた。

「そろそろ出発して次の場所に向かったほうが……と、神官様が心配されていました」

「ぐっ」

「村長たちに言われて、神官様にも泉の件はまだ内密にしていますので」

話し合いの決着がつかないうちに奇跡の泉の噂《うわさ》が広まると困ると、村長たちが箝口令《かんこうれい》を敷いていた。王都の神官長からの書面には『いつまでぐずぐずしているのか、それでも巫子か』という内容が書かれている。

「すみません、あなたにも気を遣わせてしまって」

気のいい御者《ぎょしゃ》は気にしないでくださいと笑った。

こっそり、村長や近しい人、他の村とも話しているがなかなか泉の解決の糸口が見つからなかった。状況が全く動かない、その焦る気持ちのまま看病に取り組む。

同じ沼の水を飲んでいたイルー村、ウルー村にも同じような患者がいたので、村長たちに頼み込んでアルー村の集会所に集めてもらった。だがアルー村が泉の水を必要最低限しか使用しないようにと見張りを立てていて、満足に患者に飲ませることが出来ない。

軽症者はすでに回復していたが、重症者はペコラが症状を抑えている状況だ。

(泉の水を継続して飲んだら、きっとよくなるのに)

昨日から高熱が出ている子どものそばで、菌の暴走を精霊の力で抑えながら額の布を替える。水は生きていくのに欠かせない。喉が渇いてまたあの沼の水を飲む人も出始めていると聞いていた。

ふう、と寝不足のふらつく頭でため息をつく。そこにアルー村の人がやって来た。

「巫子様、会議の時間ですよ」

「……あ、そうですね」

「またイルー村が無茶な要求をして時間を無駄にするでしょうが。ウルー村も虎視眈々《こしたんたん》と利権を狙っているし」

寝不足の頭に強い口調が響く。

「先に行っていてください、もう少し患者を診《み》てから向かいます」

頭痛がするのを押さえて言うと、呼びに来た村人が首を振った。

「その子はウルー村の子でしょう、そんなことより会議が大事です!」

「――……」

その言葉を聞いた途端に、ここしばらく我慢を重ねていたペコラの中で何かが切れた。

「……は？」

思ったより低い声が出て、彼がたじろぐ。

「ぺ、ペコラ様？」

「……そうですね、大事な会議ですから……話し合いは今日で終わらせましょう」

ゆらりと立ち上がったペコラにうろたえる村人をそのままに、ふらつく足で会議所に向かった。中ではすでに代表者たちが口論していて、彼らはペコラの姿を見て口をつぐんだ。

数日、いろんな患者をほとんど寝ずに看病していたので身だしなみもひどいものだろう。ペコラは静かに代表者たちの前に立った。

「私からの最後のお願いです。泉は皆で使ってください」

もう何十回も繰り返したことを言うと、一斉に全員がため息をついた。

「誰かが無茶な使用をしたらどうするのですか？　しっかりルールを決めないと」

「もともと沼の水も、前の泉の水も分け合って使っていたはずです」

今まで何度も繰り返した言葉に、「わかってないなぁ」と参加者たちは苦笑いした。

「これだから王都育ちの巫子様は」

「まったく誰のせいでこんな喧嘩《けんか》をしていると思っているのですか」

「……わかりました」

そこでペコラはまっすぐに代表者たちを見て、言った。

「湧いた泉を涸《か》らします」

それだけ言って踵《きびす》を返す。一瞬遅れて、彼らはペコラに取りすがった。

「待ってください、涸《か》らすって……っ」

だがペコラの腕を掴もうとした一人の周りに突風が吹き、建物の中にもかかわらず局地的な暴風に押し返されるようして男がひっくり返った。

「え、ええ……？」

人智を超えた力に村長たちが戸惑う。そこでペコラが振り返った。

「文字通りです。一瞬で泉を湧かせたのですから、涸《か》らすのもすぐだと思いませんか？」

微笑んだペコラに代表者たちが青ざめて押し黙った。

「安心してください。私が責任をもって、沼の水を浄化して使えるようにしますから」

それだけ言って泉に向かおうとしたペコラの前に、代表者たちが回り込む。

「お待ちくださいペコラ様！」

その場で全員が膝と手をついてひれ伏した。騒ぎを聞きつけて集まった村人たちが遠巻きに見守っていたが、ペコラが視線を向けると皆次々に同じように膝をついた。

「申し訳ありません……っそれだけは！」

「新しい水場を作ってくださった恩を仇《あだ》で返すような真似をしました！」

村にいるもの全員が平伏する。その中で一人立つペコラが悠然《ゆうぜん》と口を開いた。

「……では、平等に使うということでいいですね」

「わ、わかりました……！」

代表者たちがうなだれた。そこでペコラはほっと息を吐き、両手を合わせて朗《ほが》らかに言った。

「わかってもらえてよかった。じゃあさっそく各村に水を運びましょう」

＊＊＊

その光景をリベリオは近くで見ていた。

有用な水はいつだって争いの種だ。水源一つのいさかいでほろんだ部族もいるし、いまだに因縁のある問題も数知れない。けれど堂々としたこれ以上ない脅し文句で村長を黙らせたペコラに、彼は嬉しそうに目を細めた。愛し子に触れようとした不届き者の顔はしっかり覚えておくことにする。

己が何かする度《たび》に厄災が起こるのは因果律ゆえだ。こればかりは神であるリベリオにもどうしようもない。ペコラに頼まれれば喜んで手を貸すが、それがわかっているのかペコラもリベリオの手を借りない。

そして見事に場をおさめたペコラの姿に唇が自然とほころぶ。

(もう食べてしまっても、十分だが)

「面白い巫子様ですね」

そこで話しかけてきたのはキースだ。ペコラのことを考えていたとはいえ近くに来るまで気づかなかったことにリベリオは小さく舌打ちした。

キースはそれを気にすることはなく隣に立って、村人たちとあれこれ相談をするペコラを見た。まず病人や具合が悪い人に水を飲ませるように指示をしている。

「ペコラ様の力の研究はどうですか」

「まだなんとも」

そう言う彼が、もうすでにペコラとダンゴムシの力に興味がないことはわかっていた。いや、もともと最初からそちらは比重を置いていないことも。

キースというこの男とは相容れない。それ以上話す気にもならず、彼をその場に残してリベリオはペコラのほうに向けて足を進めた。

第七章　生贄《いけにえ》イベント発生

神官に後を託し、最後にニナの村に寄って挨拶をしてから一行はエルモ地方を立った。

各地で稀代《きだい》の巫子としてすでに有名になっているニナが尊敬している人物、ということでペコラのことを知っている村人もいた。奇跡の泉も噂《うわさ》が広がっているようで、おかげで力を使うまでは妙に期待した目で見られることが多いが……目に見える変化はほとんどない地味な力の行使を見てがっかりされること数知れず。それでもなんとか依頼旅は順調に進んでいる。

その日の依頼は狩猟を主とする村からだ。王都に戻る用事があるとキースは別行動をとり、数日後に落ち合う場所を決めてリベリオとダンゴムシ、三人で依頼に赴《おもむ》く。

「竜を退治していただきたい」

重々しく口を開いた族長の第一声がそれだった。

場所は木で作られた高床式の建物だ。場には十名ほどの人間が壁を背に座っている。皆、上半身は裸で、草木で染められた手織りの鮮《あざ》やかなズボンを着ていた。かたわらには剣が置いてある。

文明を受け入れず小さな親戚関係でまとまり狩猟で日々の糧《かて》を得ていて、神殿に依頼をしたのは村が作られてから初めてのことだと聞いた。あまり外部と関わりを持たなかった彼らだが、あの奇跡の泉の噂《うわさ》を商人から聞いて神殿に相談に行ったらしい。

「竜……ですか」

思わず呟くと、隣に座るリベリオが眉をひそめて言った。

「ペコラ様への依頼は、村の飲用水改善だったはずですが」

「それももちろん頼みたい。ただ、この村の近くに住む恐ろしい竜に生贄《いけにえ》を要求される事態に長年我々は悩まされている……願いを叶える巫子としてこちらも対処してほしい」

「え、ええと、竜は、専門外で」

「そんなことを言わず。ひと撫でで大地を穿《うが》ち、泉を湧かせた巫子なら手があるはずだ」

リベリオが息を吐いた。

「どちらにせよ依頼は神殿が審査してその巫子にふさわしいものを割り振っています、虚偽であるなら受ける必要はありません」

「そうなんですか……！」

「では我々はこれで」

依頼がなさすぎて知らなかった。おろおろするペコラをリベリオが立たせた時――ふっとペコラにもわかるほど部屋の緊張が高まった。リベリオがわずかに前に出ると、部屋にいる全員が剣を抜いて立ち上がる。族長が壁を強く叩いた。

「このままでは我々は竜に食われてしまう！　いやそれだけでなく奴の一足ごとに大地は穢《けが》れ炎に包まれ、この先祖代々の土地が燃え尽きてしまうのだ」

――キュウ。

心配そうにダンゴムシが鳴いた。どう考えてもペコラの手に余る問題だが、見過ごすわけにはいかない……だろう。

「わ、わかりました、なんとか、……竜を説得して」

「いや、説得は必要ない」

その瞬間、リベリオがペコラの背後に向けて剣を振った。「ぐぁあぁっ」と声がして、いつのまにか後ろに近づいていた男がその一太刀で斬られた腕を押さえて呻《うめ》く。彼が持っていた縄が落ちて、血が床に広がる中、さらに剣を振りかぶろうとするリベリオをしがみついて止めた。

「リベリオさんダメです！」

「ペコラ様に触ろうとしました」

「だからと言って……」

「やめよ！」

そこで厳しい声を上げたのは族長ではなく、部屋の入口に立つ人影だった。

丸い宝飾品をあちこちに身に着けた老婆だ。彼女を支えるように男たちと同じ意匠の服――ワンピース型で腰を帯で結んでいる――を着た少女が、族長を見た。

「父さん！　やめてください、私のことならいいの。客人に恐ろしい竜を相手させるなんて……」

「口出しをするな！」

一喝されて少女が下を向いた。

「もしかして……生贄《いけにえ》になるというのは、族長の娘さんですか」

「……ええ」

「私は竜なんて怖くないです」

「お前は黙っていろ。あの村との縁談は必要なんだ」

族長が苦々しく言うと彼の娘がそっと、泣きそうに濡れた大きな目でペコラを見た。その顔は明るい陽光の中でも青ざめているのがよくわかる。

ひそりとリベリオが耳打ちした。

「今のうちに逃げましょう。このままだと捕まってペコラ様が竜に食べられ……、ふむ？」

途中でリベリオが言葉を止めて考える表情になった。

「……なんですか」

ろくでもない予感がよぎるがひとまず剣を下ろしてくれたのでほっとする。

(なるほど、族長の娘さんが生贄《いけにえ》、そして彼女が呪《まじな》い師……)

ペコラは杖をついている老婆に視線をうつした。この閉鎖的とも言える村で祈祷《きとう》を行い、行く末を占う人物だ。村は恐ろしい竜に若い娘を差し出す代わりに、被害がもたらされるのを防いでいる。

そして、今回は生贄《いけにえ》の娘の縁談のために、ペコラという身代わりが必要ということ。

(――ゲームイベントだ！)

「……わかりました」

こほんと咳払いをして心の浮わつきを押さえ、ペコラは口を開いた。

「そういうことでしたら協力します。リベリオさんは……」

隣を見ると彼の姿がない。

「――リベリオさん!?」

予想外の出来事に、ペコラだけでなく全員が色めき立つ。唯一の扉には娘と呪《まじな》い師がいるのに忽《こつ》然《ぜん》と消えたのだから。

「神殿にバレる前に殺せ！」

族長の言葉に男たちが駆け出す。慌てた彼らに押しのけられて倒れかけた呪《まじな》い師をペコラが支えた。荒々しい足音が去っていくのを見送っていると呪《まじな》い師が口を開いた。

「すまないね、お嬢さんを巻き込んで……逃げる手筈を整えるから、安心しな」

「いえ」

弱々しく言葉をつむぐ呪《まじな》い師に首を振った。

「手引きしたのがバレたら大変なことになるでしょう、大丈夫です」

族長の娘を見てうなずくと、彼女が小さく息を呑んだ。そこで部屋に残っていた男にペコラは猿《さる》轡《ぐつわ》をかまされ後ろ手に縛られた。

「申し訳ない、逃げ出さないように最低限拘束《こうそく》させていただく」

そのまま部屋から連れ出された。外に出ると村の女性たちが不安そうに遠巻きにこちらを見ている。縛られたペコラに何とも言えない表情を向ける彼女たちに会釈《えしゃく》し、やや乱暴に穀倉庫のようなところに閉じ込められた。

ペコラの前に族長が膝をついて視線を合わせた。

「女一人の被害で済むならと先祖たちは竜に生贄《いけにえ》を捧げてきた。けれど娘は結婚が決まっていて……奇跡の泉を湧かすことの出来る巫子なら、呪《まじな》い師の予言になくとも竜も満足するだろう」

「……」

「儀式まで大人しくしていてください」

そう言って族長が出ていく。木で作られた重い扉が閉まる寸前に、槍を持った数人の男が見張りに立っているのが見えた。残されて、ペコラは高いところにある鉄格子のはまった窓を見上げる。

(ダンゴムシくん)

――キュー。

ダンゴムシがペコラの背中を移動して、縛っていた縄をぼろぼろの土にした。ものを土に変える巫子の力を甘く見てもらっては困る。

「ありがとうダンゴムシくん」

猿轡《さるぐつわ》を外してお礼を言うとダンゴムシが荒い縄で縛られて赤くなった手首を心配そうに撫でてくれた。その彼を抱きしめる。

(リベリオさん、どこ行っちゃったんだろう……)

ふうと大きく息を吐いて、ペコラはダンゴムシの背中に顔を埋めた。

「まったく、ペコラ様を生贄《いけにえ》にしようなんてとんだ不届き者ですね」

「ひっ」

すぐ後ろでリベリオの声が聞こえた。悲鳴を上げかけたペコラの口をリベリオがふさぐ。唇に人差し指を立てて静かにするようジェスチャーした彼は、扉のほうをうかがった。幸い気づかれていないようで、門番たちに動きはない。

ペコラは頬を膨らませた。

「護衛騎士じゃないんですか」

「さすがの俺でもあの人数と手練《てだ》れを相手に出来ると思います?」

「思います」

「ふむ、信用されているのは嬉しいですね」

爽《さわ》やかに、災厄の邪神であるリベリオが笑う。

「竜の生贄《いけにえ》にするつもりなら、今はペコラ様の身には危険は少ないと判断して、殺される前に逃げて反撃の機会をうかがっていたんです」

「嘘くさい……」

「でも、ペコラ様もなんだか余裕ですね」

言われてぎくりとした。

「い、いいえ、困っている娘さんを巫子として放っておくわけには……えへへ」

(ゲームで知っているなんて言えない……！)

そう、この状況をペコラは知っていた。その名も『生贄《いけにえ》イベント』。ニナが依頼旅でこの村に来た時に、同じように村人に捕まって生贄《いけにえ》にされかけるのだ。村人の服装や呪《まじな》い師に見覚えがあった。

実は恐ろしいと言われているのは竜ではなく、『竜型の岩』なので危険もない。そして生贄《いけにえ》を求める神の声を偽《いつわ》った呪《まじな》い師の目的は……

(あとはどうやって族長の娘さんを生贄《いけにえ》にするかなのよね。まぁ拘束《こうそく》は意味ないし、いっそダンゴムシくんの力で蔵に穴をあけて脱出するか……)

「まぁ確かにあいつは人を襲うやつではないですけど」

「え」

ぽつりと呟いたリベリオの言葉に顔を上げる。

「りゅ、竜って……竜の形の岩なのでは……？」

「いえ、岩竜ですよ」

「知り合いですか！」

「知り合いも何も、この世の半数の竜は俺が作ったので」

邪神様はそうのたまう。

(まさか本当に竜がいるの⁉)

そこで改めて、今がゲームの知識が通じない過去編なのだと気づいた。

「わかりました、俺はペコラ様の意志を尊重しましょう」

「え？　ええ？」

動揺している間にリベリオがどこからか取り出した縄でペコラの手を縛る。

――キュキュキュキュ⁉

鮮《あざ》やかな手さばきで縛り直されたのを見てダンゴムシが非難の声を上げる。すると無表情でリベリオがその頭を掴んだ。

「お前は大人しくしてろ」

ぽいっと投げられたダンゴムシはいつもの十分の一くらいの大きさになっていた。ペコラの頭に着地して、しくしく泣いている。

「では」

爽《さわ》やかな表情で言ったリベリオは影の中に溶けるように姿が見えなくなった。思わぬ事態にまた呆然としていると入れ替わるように村人がやって来る。

食事を運んできてくれたようで、赤い盆に魚や煮物が載っている。さすがに縄は外してくれたが、屈強な村人が出口を塞いでいた。

（ダンゴムシくん？）

頭の上の小さなダンゴムシに呼びかける。先ほどリベリオに何かされたのか精霊の力をほとんど感じられない。……というより、ペコラと繋がっている力の糸が極端に細くなっていた。

そっと手に持つと普通のダンゴムシくらいの大きさになった彼はいじけて丸まり、見えなくなってしまった。


ペコラは数日をその穀倉庫で過ごした。族長は初日以外は顔を見せず、代わりに世話役として村の青年が何かと不都合がないように気を遣ってくれた。

「申し訳ありません、巫子様」

顔見知りになった青年――ミゲルは何度もそう繰り返した。何くれと話をしているうちに、彼が身寄りのない育ちで族長の家の使用人ということを聞く。

「お嬢様や女性たちがこんなことは間違っていると族長を説得しているのですが……」

肩を落として申し訳なさそうにミゲルが呟いた。

「……族長の娘さん、結婚が決まっているそうですね」

「ええ」

そこでミゲルはいつも温和な顔をしかめた。

「金にものを言わせてここらへんの部族を支配しようとしているいけ好かない男ですよ、あんな奴に嫁《とつ》ぐなんてお嬢さんが可哀想だ」

ミゲルが吐き捨てる。

「でも、お嬢様も俺も、それで巫子様を犠牲《ぎせい》にする気はありません」

そこで扉を叩く音がした。警戒しつつミゲルが扉を開けると、しんとした夜更けの中、族長の娘が立っていた。

「どうか逃げてください」

よく見れば見張りは酒瓶を抱えて寝ている。彼女にペコラは微笑んで首を振った。

「私が今逃げたらミゲルさんのせいになるでしょう」

「でも、巫子様……その」

「わかっています」

ミゲルにうなずき、族長の娘をまっすぐ見つめた。

「わかっているので、大丈夫です」


生贄《いけにえ》の列は真夜中に出発した。

竜が住んでいるのは山奥の洞窟らしい。他に灯りのない山へ向かう道からは星がよく見えた。ペコラは肌が見えそうなほど薄い白の装束に、石で作られた髪飾りや首飾りをつけられ、男衆が担ぐ神輿《みこし》に乗って竜が住むという洞窟の前までやって来た。

(……大丈夫、だよね)

思ったよりも大層な儀式に予想が外れていたらとドキドキする。

リベリオの不穏な言葉もとても気にかかっていたが、こうなればやるしかない。

「よろしくお願いします、巫子様」

族長に背中を押され、刀を持った男たちに追い立てられるように洞窟内に入る。

視界は暗いが腐臭のようなものは感じない。どちらかといえばお香を焚《た》いているような静謐《せいひつ》な空気だ。少し進んでから振り返ると、監視なのか入口を固める男たちの姿が見えた。

足元も苔《こけ》が生えているのか滑りやすくなっていて、おそるおそる地面を降りていく。視界の先、洞窟の奥に穴が開いているのかわずかに光が見えた。

ここ数日、リベリオとダンゴムシのいない生活をしてしみじみ彼らに頼り切っていたことが身に染みた。巫子の力がなければペコラはただの人間の娘で……監視している村人を振り切って逃げることも難しい。

けれど姿がなくても見守られている感じはあった。邪神のきまぐれはいつものことで、今は巫子として出来ることをしよう。例えば因習に縛られている村の恋人たちを助けることとか。

「ダンゴムシくん？」

まだ返事はない。

「リベリオさん」

「はい」

声とともにひょいと地面から身体が浮き上がる感覚があった。瞬《まばた》きをするペコラを危なげなく抱き上げたリベリオが、指先に火を灯した。

――……キュウ、キュウ！

少しずつピントが合うようにダンゴムシの声と姿が見えてくる。半泣きでひしっとペコラにくっついているダンゴムシを抱きしめた。

そばにはついていると思っていたが、いざ姿が見えてほっとしている自分と、置いていかれたことに少なからずショックを受けていることを自覚して、ペコラは頬を膨らませた。

「なんでこんなことを」

リベリオは目を細めてペコラを見た。

「生贄《いけにえ》姿のペコラ様、見てみたかったんですよね。花嫁みたいで可愛い」

「まさかそういう理由で置いていったんですか⁉」

今は簡素な巫子服とは違う、村の女性が刺繍したという白くて薄い布地を着てヴェールを被っている。聞くとあっさりとリベリオがうなずいた。

「はい。まぁ花婿役が俺じゃないのはやっぱり腹が立ちますが」

気持ちを弄《もてあそ》ばれている。リベリオは何事もなかったかのように、入口ではなく奥の光に向けて進んだ。

「キースさんから連絡はありましたか？」

約束の日まではまだ時間がある。リベリオはわかりやすく顔をしかめた。

「ペコラ様、あいつのことが好きなんですか？」

「いえ、好きとかそういうことでは」

「あれはろくな奴じゃない」

「……縛り直して見捨てるリベリオさんよりも？」

それに関して返事はなかった。そうこうしているうちに洞窟の奥までやって来る。中はいたるところに苔《こけ》が生えた広い空間で、どこからか水が染み込んでいるのか透明な雫《しずく》があちこちから垂れている。天井には大きな穴が開いて光が差し込んでいた。

その穴の下に大きな岩の塊《かたまり》があって、それがのそりと動いた。

「っ」

びっくりして思わずリベリオに抱きつく。短い角も顔も身体も尻尾も苔《こけ》に覆《おお》われているが、確かにそれは岩ではなく本物の竜だ。彼はちらりとペコラとリベリオを見ると、目を開けるのもおっくうそうに瞼を閉じた。

「岩竜……」

もう何百年生きているのだろうか、……そして彼の寿命が尽きかけているのが一目でわかった。なんと声をかけたものか躊躇《ためら》っていると、竜が口を開けた。

『……逃げるならその穴から行きなさい』

風穴から聞こえるようなごうごうとした低い声。上を見ると、壁に石で作られた階段があってそれが穴まで続いていた。

「逃げて、いいんですか？」

『好きな者と添い遂げられないから、私の名を使って村から逃げ出すのだろう？』

「……！」

やはりそうだ。

恐ろしい竜の伝承。女性が満足に意見を発することも出来ない村。村長の娘のためにと丹精込めて刺繍がされた服を見る。

神からのお告げで娘が生贄《いけにえ》になり、帰ってきたものはなく竜にすべて食べられて、服も宝飾品も見当たらない。呪《まじな》い師と結託して女性たちは生贄《いけにえ》と称し、望まない結婚をする娘を代々村から逃がしていたのだ。

『お前は精霊の愛し子か』

竜が肩の上のダンゴムシを見る。

『わしはそろそろ死ぬ。娘たちにはもう力になれないと伝えておいてくれ』

「そんな……」

『出来ればまた、……竜に』

静かに目を閉じた竜を前にリベリオを振り返ると、彼は首を振った。数歩近づいてペコラは思わずその硬い身体を撫でていた。

『ああ、気持ちいいのう』

どれだけの時を生きてきたのだろう、そしてどれだけの恋人たちを送り出したのか、ペコラでは想像も出来ない歳月を想う。目を閉じてその苔《こけ》に額を押し当てた。

「……あなたの存在は、永遠に恋人の守護者として残るでしょう。彼女たちのなかで――」

苔《こけ》から滴《したた》り落ちる雫《しずく》の音がして、次にペコラが目を開けた時には竜はその形のまま石になっていた。……ゲームで、ニナが見た岩そのものだ。

すんと鼻をすするとペコラのかたわらにリベリオが立った。

「お前は人を食うような性格をしていなかったからおかしいと思った」

彼はペコラの頭を撫でて、竜の岩に手を置く。

「ペコラ様の可愛い姿も見られたし、……これは褒美《ほうび》だ」

そうしてしばらくしてリベリオが握った手を開くとそこには一つの卵があった。彼はそれを竜の岩のかたわらに置く。

「もう一度、この地に竜として生まれることを許可しよう」


洞窟の入口まで戻るとまだそこに村の一行がいた。野営をするつもりだったのか、火が焚《た》かれてそこを囲んでいる。

「……お前は」

リベリオのマントにくるまって無傷で戻ってきたペコラに男たちがざわつく。だがその隣に護衛騎士の姿があるのを見てひるんだ。リベリオが不敵に笑って腰の剣に手を置く。

「話を聞いてください」

ペコラはリベリオの手を押さえて前に出た。

そのまま奥の穴から逃げることは出来たが、これからも依頼を受けるならペコラが生きていることは知られてしまうだろう。そして最後まで娘たちを心配していた竜のためにしなければならないことがある。

ペコラは深く頭を下げた。

「中にいたのは恐ろしい竜でした。騎士の力を借りてどうにか逃げられましたが……私には説得も討伐も出来ません」

「待ってくれ、それでは困るんだ！」

「村のためを思うなら、申し訳ありませんが娘さんを生贄《いけにえ》にするしか……」

「――そんなに自分の命が惜しいのか！」

声を荒らげる村人の前にリベリオが立つ。ひと睨みで彼らが戦意喪失するのを見てペコラがその腕を引いた。

「私にはこれ以上出来ることはないので、失礼します」

中で脱いだ生贄《いけにえ》の服も宝飾品もすべて岩の上に置いた。マントの下はほぼ裸のペコラの背中をそっとリベリオが押して、その場から去る。

「神殿にも、お前が役立たずだと伝えておくからな！」

そんな族長の声を後ろに聞きながら。

「全員殺してもよかったのに」

「ダメです！　って、ああ、荷物を村に置いてきてしまった！」

まさか裸マントで旅をすることになるのではと青ざめたペコラの前に、見慣れた旅鞄が差し出された。受け取って中身を確認すると巫子服も靴も入っている。

「……便利ですねリベリオさん」

「それほどでも」

そこでかさりと音がした。見ると森の中に族長の娘が立っていて、彼女の肩を抱くようにしてミゲルがいる。ペコラは無言のまま深々と頭を下げる二人に手を振ってその場を離れた。

族長の娘と女性たちにどうか優しい竜の加護がありますようにと願いながら。


慣れた巫子服に着替えて山道を歩き、乗合馬車が通る道までたどり着いたのは数時間後のことだ。しばらく待って通りすがりの馬車にリベリオと乗り込んだ。二頭立てに幌《ほろ》のついた大きな乗合馬車には、買い出しに行くのかそれなりに人が乗っていた。

「おや、巫子様ですか」

ペコラの服装と神殿のマークを見て乗っている人が声をかける。うなずきかけたところでリベリオが口を塞いだ。

「違います」

「……」

リベリオが言うと、客はふっと我に返った顔をして自分の席に戻った。他の乗客もペコラには無反応だ。

「リベリオさん？」

「ちょっと記憶を操作しただけです」

端のほうに空《あ》いている場所を見つけて、彼はペコラを座らせてその後ろに陣取った。ぐいっと身を寄せられる。

「疲れたでしょう、寝ていていいですよ」

リベリオのマントに半《なか》ば隠れて、彼の胸元に体重を預けると神なのにその体温はちゃんとあった。

彼は心配させたりいじわるをしたり勝手気ままでわからないけれど。

(うううううう)

抱き寄せるように身体に腕が回ると抵抗出来ずに体重を預けてしまう。

竜と直接対決することはないと思いつつ、緊張であまり眠れていなかったペコラはいつの間にかとろとろと船をこいだ。

「おやすみ」

眠る直前、そう低く囁《ささや》く声がした。


次に目が覚めた時には、ペコラは脱いだはずのあの生贄《いけにえ》服を着て洞窟の中にいた。

「――……あ、あれ?」

嫌な予感にくるりと回れ右をして入口に向かうと、途端に見えない壁にぶつかって鼻を打った。

「どこ行くんですか」

「ひいっ」

壁に手をつくようにしてリベリオが後ろに立っていた。

「夢ですね、いつもの！」

「ご名答」

にやにやと笑うリベリオの姿が竜になった。体長質量、威圧感ともに増した邪神を前に動きを止めたペコラの胴を、ごつごつのうろこのついた手が持った。

「いやぁ、似合ってましたねペコラ様の生贄《いけにえ》姿」

「まままままさかこの夢のために傍観して……っ」

「なかなかないシチュエーションですからね。愉《たの》しむしかないでしょう」

べろりと舌で頬を舐められた。

意識の中の光景なのか岩竜の姿はなく、ぽっかり空《あ》いた穴からは月明かりが差している。岩の上に下ろされて、ペコラがつけている宝飾品が音を鳴らす。青ざめる間に竜のリベリオが上から覆《おお》いかぶさった。

「ということでいただきます」

「こ、こんなっ」

「満足したら解放してあげますから」

「ま、まままんぞくううう？」

竜の頭がすり寄る。久々の人外の恐ろしさに鳥肌を立てたペコラに構わず竜が服を破った。

「旅の間はしないって、っ」

「夢だからいいでしょう。たまには変化をつけないとマンネリ化するらしいですし」

「どこの倦怠期《けんたいき》ご夫婦、っひ」

ちろりと長い舌が胸元から服の下に入る。下着をつけていない肌を突起のある表面が撫でるだけで腰が砕けそうになった。

「う……っ」

「この姿だとひとのみに出来そうですね」

目の前で赤い口が開けられた。鋭い牙が並んでいる喉の奥はまるでブラックホールのように真っ暗だ。しかも唾液がついた布の部分が溶けてきているのを見て、ペコラの絶望がさらに深くなる。

「リベリオさん、ストップ、っ」

「俺以外の竜をあんなに優しく撫でて」

「怒ってましたか！　りゅ、竜の姿の時って、その……」

ちらりと股間に目をやった。大きく膨らんでいるものが……二本。

「ま、まさか……両方、とか」

「まさか」

竜の姿のままやわらかくリベリオが答える。というかどう見ても一本だろうがペコラに入る大きさではない。

「選んでください。ペコラ様の可愛い孔《あな》に同時に入れて早く終わるか、生殖器に一本ずつ入れて、長い時間がいいか」

「どっちも嫌です！」

青を通り越して顔色が白くなるのが自分でもわかった。

すでに服はあらかた溶けてしまっている。わずかに残った切れ端を押さえながら逃げ出すが、岩を降りる前に見えない壁にぶつかった。

「もちろんここは夢の中なので痛みはないですよ？」

「うわぁぁあん！」

「……仕方がないですね」

壁を叩いて咽《むせ》び泣くペコラに竜の姿のリベリオがのしかかる。いつもとは違う冷たくて固いうろこの肌が背中に当たった。

「立ったままがいいならそれでも」

足の間に濡れた肉棒が差し込まれた。すでにスカートは溶けていて隠すものがないまま媚肉《びにく》や陰核を擦って何度も太腿の間を出し入れされた。

「は、あ……やだ、ぁ」

邪神による淫夢《いんむ》のせいですぐに身体が蕩《とろ》けて、立っているのも辛い。ゆっくりと雄茎がいたぶるように動く度《たび》に足の力が抜けていく。

「ん……」

抵抗が弱まったのに気づいたのか大きな顔がペコラの頬を擦った。竜の手がそっとペコラの胴を掴んだまま冷たい舌が肌を舐める。

「ん、っふぁ、あ」

まるでアイスキャンディのように舐め回されてリベリオの手にすがってなんとか姿勢を保った。

そしてついに先ほど擦り合った入口に舌が到達した。

「あ、っあう」

またぐらに顔を押し込むようにして舌が奥まで入ってくる。指とも、肉棒とも違う感触のものが自在に壁をこすりつけて弱いところを攻め立てた。

「ん、っう、ぁああ……っ——」

耐え切れずに達する。ふるふると震えながら胴を掴む手に力を込めるとリベリオは顔を離した。

「さて、どちらがいいですか？」

リベリオの二本の陰茎は臨戦態勢のままだ。絶句するペコラのようすを楽しむように尻尾が身体に巻きつく。夢とわかっているのに覚める気配はない。

「……っ、ひ、ひとつずつで……」

「おや潔《いさぎよ》いですね」

「お尻に入れたら壊れます！」

「夢の世界なのでそれは心配しなくてもいいですが、……まぁそれなら」

もうほとんど腰が抜けているペコラに竜がのしかかった。

「そのうちに、二つとも同時に犯してくれと言うようになりますから」

「絶対、や、……っ」

入口にひたりと濡れたものが当てられた。赤黒くてグロテスクなそれを見ていられなくてぎゅっと目を閉じると、中に入ってくる感覚があった。

「っう、……う」

「痛みはないでしょう、息を止めずに」

「痛みとかいう問題じゃ……っ苦しいですし、これはどうしようもないです！」

心の恐怖が勝っている。それでもリベリオの言う通り痛みはないが、どうしようもない圧迫感だけを感じた。明らかに許容範囲を超えたものを受け入れている自分が信じられない。

「……ペコラ」

竜の顔が近づいて唇を舌が舐めた。なだめるようなそれに抵抗して口を開かなかったがやがて諦めて唇を開くと中に舌が潜《もぐ》りこんだ。

「っ、む」

口は、一息にペコラを食べてしまえそうなほどの大きさだ。キスの間にも竜の性器が少しずつ中に入ってきているのを感じて錯乱する。

（ま、まだ）

息も絶え絶えなことがわかったのかリベリオは口を離して頬にすり寄った。ほとんど無意識にその頭を抱き寄せたところで揺さぶられる。

「――っあ、う……っぁ」

入口近くまで抜かれて奥まで突かれる、その一度ごとに背中に快楽が走った。軽く達している状態が長く続いて言葉にならない。

「きもちいいですか」

「……っう」

「両方だともっといいんですが」

行き場を捜すようにもう一方の雄茎がお尻を撫でる。愛液がこぼれて濡れるそこを刺激されて全力で首を振ると、竜ははぁと息を吐いた。

「絶対、気に入るのに」

「そんな、はず……っあ、ぅ」

蜜洞の奥を膨らんだ亀頭でぐりぐりと掻き回されて足の先にまで痺《しび》れが走った。

「俺のを受け入れてこれだけ正気を保っているだけ、よしとしましょうか」

「……っん、う……あ、ぁ――……」

ひときわ大きな波が来て逆らえずに喘《あえ》ぐ。ふるりと中のものも震えて、少し遅れて熱い飛沫《しぶき》を中に感じた。いつもはわけがわからなくなるほど犯されてからなので、戸惑いつつ息を吐くと彼はおもむろにペコラの中から雄茎を抜いた。

「では、次はこちらですね」

「あ、……」

少し萎《な》えた、白濁をまだ出しているほうとは違って腹につくほど反り返っている屹立《きつりつ》が目の前に来る。達したばかりでしかも邪神の精を受けた後だ。

「や、待っ、やだぁ」

逃げようと思わずリベリオの手の中でもがくが、くるりとひっくり返されて四《よ》つん這《ば》いにさせられた。地面に組み敷かれて耳元で彼が囁《ささや》いた。

「次は後ろからですね」

「ち、が……っ」

一本目を受け入れてしまったせいか二本目の挿入は先ほどよりも早い。

「ん、う、ぐ」

「……っはぁ」

後ろから揺さぶられて吐息が勝手にこぼれる。先ほど吐き出した精を掻き出すほど強く腰を穿《うが》たれて大腿に熱い粘着質の液がこぼれていく。すでに生贄《いけにえ》の服は無残な残骸《ざんがい》しか残っていない。

(も、ぜったい、……っ竜には関わらない！)

リベリオはそんなペコラの誓いなどお構いなしに頬ずりを繰り返す。

「……美味しそう」

「つふ、ぁ、ああ」

瞬《まばた》きの度《たび》に涙がこぼれ落ちた。自分の境目もわからなくなるような快楽の中で何度目かの絶頂を迎えて、ようやくリベリオも欲を吐き出した。

「……は……」

涙とともに口の端から唾液が滴《したた》って、それをリベリオが舐めた。

（終わ、り）

ずるりと陰茎が抜ける感覚がある。今度こそ安堵の息を吐いたペコラの大腿を、硬いものが滑った。途端にペコラは嫌な予感に背筋が凍った。

「嘘……」

先ほど萎《な》えていたはずの一本が復活している。精を吐き出したばかりのものもすでに半分立ち上がっている状態だ。

「長くなるって言いましたよね」

「――っ」

竜が嬉しそうにその三日月形の目を細めた。


「……っは」

ペコラが目を開けると夜になっていた。目を閉じた時と同じ格好でリベリオのマントにくるまれている。夜間も走っている乗合馬車なのか、他の乗客は寝ていた。

「……」

さんざん見せられた淫夢《いんむ》のせいで身体が敏感になっている。今しも達したような倦怠感《けんたいかん》がある中、お腹の奥がきゅんとした。

おそらく実際眠っていたのは数時間だろうが、洞窟で体感数日、ペコラの中に出しても出しても復活する雄茎に思いっきり犯された。……最後は、根負けして少しだけ後ろにも。

（リベリオさんのばかあああ）

あまりの夢に声も出ない。足を擦り合わせて睨みつけるペコラの耳に嬉しそうなリベリオが唇を近づけた。

「ごちそうさまでした」

第八章　はなればなれ

キースは海辺の街を歩いていた。日暮れとともにほとんどの者が活動を終える辺境の村と違い、あちこちに煌々《こうこう》と光が灯り、日に焼けた大勢の者がさまざまな場所で思い思いに過ごしている。

目的の場所は大通りから外れた場所にある酒場だ。中に入ると、薄暗い空間に無数の人間がたむろしていた。誰もが麻薬と酒まみれで男女の淫《みだ》らな愉《たの》しみに耽《ふけ》っている。邪神教徒の隠れ場所だ。

「同志よ」

一人の男がキースの姿を認めて声をかけた。同時に気だるそうに数人の裸の女がくっついてくる。

その媚態を見下ろしてキースは微笑んだ。

＊　＊　＊

「聞いたか、邪神教の話」

「ああ、今入ると邪神様の守護が二割増しらしい」

酒場で食事をとっている時にそんな会話が聞こえてきたのは、いろいろあった依頼旅も終わりにさしかかって――岩竜の村の件から一ヶ月が過ぎたころだ。

ここしばらくで以前より邪神教信者の数が増えているという。

『好きなことを好きなだけ』という考えは喧嘩《けんか》や暴行、強奪に無銭飲食なども正当化して、特に人目につかない場所では宴《うたげ》と称して乱痴気騒ぎが行われている。街では毎日、自警団が動き回り厳しく取り締まっていた。邪神教徒とばれて火あぶりになった者もいるという噂《うわさ》まである。

「弱体化させてるんですけどねぇ」

焼かれた山羊《やぎ》肉を食べながらリベリオが首をひねる。ペコラはそっと胸元に手を置いた。

(そろそろ見過ごしていてはいけないのかな)

ニナからは関わらないようにと言われていたが、気持ちが焦る。

ペコラは自分が邪神のファンだと自覚はある。けれどいいように人を害そうなんて思わず、リベリオ自身そんなペコラを許してくれている。それならこの信仰は薄っぺらな教義は必要ないはずだ。

(……そもそも、人間社会では正神の教えが正しいから敵対するリベリオさんが悪なのよね)

他の理由もあるが、それは今は置いておこう。邪神の存在も許容しつつ、しかし秩序のある世界……そんなものが両立するのか頭を抱えるペコラにリベリオが囁《ささや》いた。

「信者を全員蒸発させましょうか？」

「そういう物理はやめてください。というか心を読まないでください！」

「読まなくても顔に全部書いてます」

リベリオは笑いながらペコラの頬をつついた。

邪神教にも司教はいて、旅に出る前にもニナに手伝ってもらってあれこれ捜してみたのだが素性を探れなかった。それに仮に今いる信者を壊滅させたとしても、結局あとからまた出てくるのではないだろうか。

その時、ガシャンと大きな音がした。

「おい、何すんだ！」

見るとキースが持っているお盆に載った水が、客の大男の服にかかっていた。

「謝って済む問題じゃねぇぞ！　弁償だ弁償」

「いや、今ぶつかってきたのはそちら……」

「ああ？」

キースの言葉に、屈強な体躯の大男が乱暴に胸倉を掴んだ。そのまま持ち上げられて、お盆を持ったままキースは苦しそうに顔をしかめる。

「俺のやりたいようにして何が悪い」

「ぐ、暴力反対……」

「キースさん！」

止めようと腰を浮かしたペコラを制し、息を吐いてリベリオが立ち上がった。

「ペコラ様の食事に埃《ほこり》が入る」

彼が大男の首根っこを掴む。胸倉から手が離れて床に尻餅をついたキースを置いて、リベリオは大男を外に放り出し、自分も店の外に出た。「何しやがる！」という声が聞こえてきたがすぐに静かになった。

「……あの大男、邪神教徒じゃないか？」

「おい滅多なことを言うな」

実力行使していないかと外をうかがうペコラの耳に、そんなひそひそ話が聞こえてくる。

「酷い目にあった」

襟を整えてお盆を机に置いて隣に座ったキースは、何事もなかったかのように焼いた羊肉を食べ始めた。彼がちらりと扉の外を見る。

「ペコラ様は彼のことが好きですか？」

「！」

「特別な関係とか」

「ま、……まさか！」

どうしてそんなことを聞くのだろう。

「隠すことはないですよ。巫子の結婚が禁じられているわけでもないし、一緒にいる旅の仲間じゃないですか」

キースに言われてペコラは持っているコップに視線を落とした。

彼の言う通り巫子の結婚が禁止されているわけではない。愛し子の子はそのまま精霊が気に入る可能性が高く、神殿としても次代までの巫子を掌握《しょうあく》しやすい。ただ、精霊……特に力の強いものは愛し子を独占したがる傾向がある。結果として伴侶となる人間にやきもちをやいて破談にさせるケースは多々あった。

リベリオが人間なら結婚する未来もあったのだろうか。けれど彼は人間として忌《い》むべき邪神で、……ペコラの事情も考えずに好き勝手に抱いて、それで……

適当にごまかそうとも思ったが、眼鏡越しにキースの目にまっすぐに見つめられると心を見透かされている気持ちになる。結局ペコラは正直に口を開いた。

「……大事な人、です」

「それは正しい神よりも？」

なぜそこでその名が出るのだろう。ぎくりとしたペコラに笑って「いえ、なんでもないです」と言って、キースはもう一口羊を食べた。

依頼を受けてペコラがキースとリベリオとともに訪れたのはとある港の寄り合い所だ。仕事を終えた漁師たちが集まって今回の事情を説明してくれた。

「最近魚が取れなくなってきているんだ」

「魚食いの魔物が全部食べちゃうんだよ、こーんなでっかいやつで」

一人が大きく手を広げると、日に焼けた漁師たちはうんうんとうなずいた。

「巫子様、ちょっと倒してきてもらえんだろうか」

「無茶を言わないでください！」

腕の中のダンゴムシも怯えながらふるふると首を振る。

「……それなら、魔物が漁場に入ってこられないように堤防を作ろうと思うんだが」

「あ、それはいいですね」

「ちょっと地形を変えてもらえないかな」

「私はものを土に変えることしか出来ません！」

答えると皆、顔を見合わせて首を傾げた。

「ある村では一瞬で泉を湧かせたっていうじゃないか」

「あと竜を退治したとか」

「た、確かにしましたけれど、いえ竜は退治していませんが……そもそも依頼文では、たまっている魚の皮や内臓を肥料にしたいという話だったはずです」

「だって普通に依頼したら神殿は断るって噂《うわさ》なんだもの」

「だからペコラ様のことは内密にして肥料系で頼んだほうがいいって噂《うわさ》で聞いたし」

なぁ、と彼らは顔を見合わせた。

（いつのまにこんなことに！）

「さすがペコラ様ですねぇ」

キースがメモを手に明るく言った。

水面下でさらにペコラの噂《うわさ》が広がっていたらしい。どうりで最近、神殿から渡される依頼が増えたわけだ。どれもダンゴムシの能力の範囲を超えないささやかな依頼の体《てい》であるが――もしや全部、こういうとんでもないことを依頼されるのではないだろうか。

（ど、どうしたら……退治なんて出来るかな）

けれど後ろにいるリベリオを見てしまいそうな自分を叱咤《しった》する。彼なら一瞬で解決出来るだろうけれど、邪神について何かと騒がしい今はことさら力を使わせたくはない。

――キュー。

「ダンゴムシくん、話は通じそう？」

――……キュウウウ。

ダンゴムシは顔をしかめた。

「と、とにかく、肥料の件を先にさせてもらいたい、なぁと」

「ええ!? ペコラ様の大活躍が見られると、みんなで楽しみにしてたんですよ！」

「私は、本当に、そんな力はないので！」

がっかりする漁師たちをなだめてごみ集積場に行く。

漁業が盛んな地域だがすぐ後ろが山で農作地もあり、廃棄するしかない魚の内臓を活用出来ないかというのも本当だった。大きな競《せ》り用の建物の裏に集積場があると案内されると……そちらからヴォ、ヴォと妙な声が聞こえてきた。

漁師たちと顔を見合わせながらそろりと陰から覗くと、そこにはトドのような生物が処理済みの魚たちを漁っていた。

「こいつだぁぁああ！」

漁師たちが青ざめる。ペコラも驚いた。五メートルを超えそうな巨体の魔物である。形はトドだが人魚のように尻尾は魚になっていた。さすがに騒ぎに気づいた魔物が振り返る。食事を邪魔されたと見たのか不機嫌そうに尻尾を叩きつけ、その衝撃で地面が揺れた。

「さ、さぁ巫子様！」

漁師に背中を押されてペコラは前に出された。

「え、えええとダンゴムシくん⁉」

――キュキュキュキュ⁉

巨体の魔物にダンゴムシががたがたと震えながら首を振る。そりゃあどう見てもこの魔物は菌ではない。

「グァオオオオオオオオウ！」

魔物が叫び声を上げた。威嚇《いかく》するように上半身を持ち上げたその時にリベリオが剣を抜いて間に入ると、今しも突進しようとしていた魔物は身を翻《ひるがえ》して海に向かっていった。

「……あ、ありがとうございます」

リベリオが剣を鞘《さや》に戻す。その洗練された動きにほうと漁師たちが息を吐いた。

魔物がぬるりと海に入ってすぐに姿が見えなくなってしまうのを見送ってペコラは呻《うめ》いた。

「水陸両用みたいですし、堤防は意味なさそうですね……」

「そんなぁ」

一応、魔物が食べたあとを検分すると、食べ散らかした魚は多いが不思議と頭や身は残っていた。

ハエがたかっているのを振り払いながらぞっとした。

(内臓が好きなのかなぁ)

自分が内臓を食べられているのを想像する。退治するなんてペコラには荷が重すぎるし、そして
やはり何も出来なかった巫子に対する人々の視線は冷ややかだ。

「噂《うわさ》と違うじゃないか」

「……いや、しかし」

小さい声を聞きつつ、ダンゴムシにお願いして廃棄の魚の肥料化を始めた。

魔物の餌場になっても困るし処置は早いほうがいい。発酵が無事始まったのを確認して、上から
藁《わら》を被せてその日は漁港を出た。

「今回の依頼も波乱ですねぇ」

「楽しんでいませんかリベリオさん」

「まさかまさか」

うきうきしているリベリオをじろりと睨む。

人を混乱に導く魔物は邪神の管轄《かんかつ》だ。今回も彼は特に何をする気もなさそうなのでペコラのお手
並み拝見というところか、もしくは頼ってくるのを待っているのかもしれない。そんなふうに試さ
れているのを感じつつ彼の力に依存しないのは、ペコラが出来るだけ彼と対等な立場でいたいから

に他ならない。神様に何を言っているのだと言う不遜《ふそん》を感じなくもないが……

(どうしよう……)

魔物退治の方法を考えながら通りを歩いていると、しばらくして建物がなくなって一気に視界が開けた。

「うわぁ……」

海岸沿いの通りから、白い砂浜と海が広がっているようすを望む。海風の吹く光景はどこまでも穏やかだ。山育ちのペコラが水平線をどこか懐かしいと思うのは前世の記憶のためだろうか。

「せっかくだし行ってみましょう！」

リベリオとキースを連れ、ダンゴムシを頭に乗せて砂浜に下りる。

砂浜にはそれなりに人がいたが、泳ぐのに適する季節ではない。日差しの暖かさと寄せては返す波に呼ばれて波打ち際を裸足で踏む。足元の砂は波に持っていかれてくすぐったい、と思ったらすぐにふくらはぎまで冷たい水がかかった。

「夏になったら泳げるのかなぁ」

ぱちゃぱちゃとペコラとダンゴムシがはしゃいでいると、少し離れてそれを見ていたキースとリベリオが何か会話をしていた。そしてリベリオの肩を叩いてキースが砂浜から去っていく。途中で砂に足を取られて転ぶ彼を見て、肩をすくめたリベリオは波打ち際に近づいた。

「キースさんはどちらへ？」

「通りにある本屋を見てくるそうです」

時間があれば本屋に寄り、気に入ったものを買って学園に送っているのは見ていた。他にも話していたように思ったが、リベリオはそれ以上何も言わない。

「そろそろ行きましょう」

「えっ、もう少しだけ……」

「アレ、来てますよ」

リベリオが海を見る。ペコラもそちらに視線を向けると、波間に黒くてやけに大きな影がゆらりと動いた。明らかに魚やサメの形ではないそれに、漁港で見た魔物を思い出してペコラはそっと波打ち際から下がる。

(……海はつながっているものね、というか一匹じゃない可能性も……)

考えながらリベリオの後ろを追って歩き出す。そこで、一人の男とすれ違った。

ふと顔を上げてそちらを見ると、お互いの目が合う。それは昨日、酒場で暴れていた大男だ。どこかぼんやりした表情の彼は、ペコラの顔をまじまじと見て——突然腕を掴んだ。

「あんた、巫子か」

「え、……はい」

うなずくと頬を紅潮《こうちょう》させた大男がペコラの胸元の布を掴んだ。

(え)

制止する間もなく引っ張られて、まるで紙がちぎれるように服が破かれた。暴かれた胸元にある印を見て男が叫ぶ。

「邪神様の愛し子だ……！」

しまった。慌てて隠すがすでに遅く、彼は腕を掴んだまま興奮して自分の体にある邪神教の印を見せた。

「邪神様の愛し子だろう、俺、夢で見たんだよあんたのこと！　邪神様は近くにいるのか」

「わ、私は」

――キュー、キュー！

突然の事態に混乱するまま、ダンゴムシが頭の上から声を上げるのをどこか遠くに聞く。騒ぎに、砂浜にいた人たちが動きを止めてこちらに注目するのがわかった。

「ペコラ様！」

そこでリベリオが大男を無理やりペコラから離した。抱きかかえられて海岸から駆け出すと、後ろでは大男のすがる声を中心に騒ぎが大きくなっていた。

「すみません、私……っ」

まさか印を見られるとは思っていなかった。完全に油断していた。

「今はひとまず、人目につかないところに」

ペコラを抱いたリベリオがスピードを速める。舌を噛まないように必死にしがみつき、話を聞いて次々に集まってくる野次馬を避けるように路地を走った。

「邪神の愛し子が浜辺にいたらしいぞ」

「そうか、最近の邪神教の活性化はそいつのせいか！」

「なんでも巫子の姿をしているとか」

（あああああ）

噂はすぐに町中に広がり、路地に二人で隠れて武器を持った兵士が通り過ぎるのを見送る。

「街から早めに出たほうがよさそうですね」

「でも、依頼もまだ……それにキースさんも」

「そんなことを言っている場合ですか」

邪神に真面目に諭《さと》されてしまった。見られただけでも大変なことになるとは思っていたけれど、こんなふうにばれるなんて思ってもみなかった。ペコラはいまだに破れたままの服をピンで留めた。普通の布で、なぜあの時に簡単に破けてしまったのかわからない。

（ど、どうしよう……神殿から追放、いえ火あぶりとか……）

青い顔で震えるペコラの胸元にリベリオが手を置いた。心臓の上に刻まれた印はそれだけでわずかに熱を帯びる。彼が息を吐いて口を開いた。

「俺のものだって印、もっと目立たないところに刻めばよかった。口の中とか、子宮の……痛っ」

「そんなこと言っている場合ですか！」

顔をぺちっと叩くとリベリオが少し笑った。

「……印、消します？」

「嫌です！」

条件反射で叫んでから、リベリオを前に言葉を反芻《はんすう》する。

（印を消す？）

確かにそうなれば見間違いとして弁解はできるかもしれない。

そもそも愛し子の印はリベリオが勝手につけたものだ。こんなにあっさり言うのだから、印を消すなどリベリオにとってはたやすいのだろう。

（でも、それは……嫌だ）

この騒ぎがおさまればまたつけてもらえばいいなんて思わない。これはニナと初めて会った夜にリベリオが刻んだものだ。ペコラを、唯一の特別な存在として――それが、とても嬉しいから。

「ち、違う方法もあるかもしれませんし！」

言うとリベリオは頬をゆるめて、愛おしそうにペコラの頭を撫でた。


そっと夜の闇に紛れて街を出た。海辺の街からは遠ざかったが、邪神の愛し子の噂は近隣に瞬《また》く間に広がった。国からは人心を惑わせたという罪で報奨金もかけられているようで、いろんな村や町に人相書きが回り、人のいる場所に長居はできない。

そんなことがあっという間に起こり、完全に追われる身になってしまった。


「はぁあ……」

ペコラは街にようすを見に行ってくれたリベリオを洞窟で待っていた。もちろんこの状況で宿に泊まれるはずもなく、街の外で野営生活だ。外では冷たい風が吹いていてもうすぐ雪が降る季節になる。小さくうずくまって薪《たきぎ》の火が踊るのを眺めた。

——キュウ。

心配そうに鳴くダンゴムシを抱きしめた。

彼は変わらずにそばにいてくれる。ペコラも何も変わっていない。リベリオのことを想う気持ちも、前世からの筋金入りだ。その中で人だけが離れてしまった。

(この気持ちは、ダメなものなのかなぁ)

野宿続きでここしばらくろくに眠れていないまま、ぼうっと炎を見ていると瞼が下がってきた。


『私』は親に隠れてゲームをしていた。すぐに寝なさいと言われるから。

ゲームの中の世界は自由で楽しくて指先一つで世界が救えて、なんでも出来た。現実の自分は何も出来ないただの役立たずでも。

『——やりたいことをすればいい』

ゲームでそう呟く赤い髪の人を見た途端、『私』はがばっと起き上がった。

「か、かっこいいいいい」

思わず声が出た。主人公を守って、ちょっかいを出す邪神。精霊も人気だけれど悪いものに惹かれるのは本能的なのかファンも多い。だからこそ最後のシーンでは声が出た。

「う、うそ、ここで消えるの!?　ええええリベリオ様あぁあああ!」

正神が現れてニナとともに邪神を倒す。博愛の神のくせに敵には容赦がない。

「くっ、おのれ正神め……！」

足元まで長く伸びる金髪のイケメンに憎悪を燃やす。

リベリオの生存ルートがないか、攻略本を見ながら全ルート制覇したがことごとく失敗した。そもそも攻略キャラではなかったらしい。なんですかその鬼畜仕様。

「う、ううう」

仕方がないから二次創作をあさったけれど、こんなことで心の傷が癒《い》えるわけもなく。

「正神、やめて出てこないで！」

そう何度叫んだことだろう。そしてその度《たび》に、邪悪な笑みを残して満足した表情でリベリオは消えてしまった。

（ダメだ、絶望だ）

彼はどんな気持ちで消えたのだろう。

『私』もあんなふうに満足して消えられるのか。

病院で酸素吸入をしながら、手紙を書いた。病気を忘れるくらい楽しく遊んだこと、イベントに行ったこと、二次元だけど人を好きになったこと。リベリオを知ってから起こったこと全部を書いた。

ただの迷惑かもしれない。邪悪なものは正しいものに倒される。それが世の常だ。

でも、もし出来るならゲームの中くらい好きなことをしていいじゃないか。邪神がニナの近くで笑っている世界があってもいい。いいものと悪いものなんて区別は出来ない。

誰かを応援してこんなに笑えるなら、人生が短かろうが満足出来る。

震える手でそっと手紙を封筒に入れて、『私』はもう力の入らない足をひきずって病院のポストに投げ入れた。


「ペコラ様、ご飯食べますか」

上から声がしてはっと目が覚めた。いつの間に戻ってきたのか。焚火《たきび》を前にペコラはリベリオの胸にもたれるようにして眠っていた。火には美味しそうなウサギの肉があぶられている。かたわらにはパンや果物が入った袋が置いてあった。

「……す、すみません、任せっきりで寝てしまって」

「寝られる時に寝たほうがいいですよ」

そう言いながら起き上がろうとしたペコラを制してリベリオが湯気を立てる串焼きを差し出す。いい匂いがして、どこまでも任せきりな自分にまた自己嫌悪する。

(ニナちゃんの言う通り、旅もやめておけばよかったのかな)

モブ巫子がヒロインと同じようになんて思ったのがそもそも間違いだったのだ。回復の泉に、岩竜に……ここ数ヶ月の依頼がぐるぐる回る。ペコラでなくても、神殿の巫子ならどうにでも出来たはずだ。

(そうしたら、迷惑をかけることも……)

受け取ろうとしないペコラにふっと笑ったリベリオが、串を置いて抱き寄せる。優しい腕の中で頭や背中を撫でられると、遠い昔——前世でも母にもそんなことをしてもらったような気がした。

この世界では孤児院の前で捨てられていたので、ぬくもりはよくわからない。

「完全にお尋ねものですね」

「うぅ……」

「……もういいでしょう」

耳元で囁《ささや》かれて顔を上げるとリベリオが微笑んだ。

「『こちら』に来ませんか」

神の庭に。続く言葉に目を見開いたペコラを、リベリオはもう少し力を入れて抱いた。

＊　＊　＊

リベリオが情報と食料を調達して戻ってくると、洞窟の中で膝を抱えてペコラは眠っていた。腕の中ですやすや眠るダンゴムシにいらっとしつつ、白い髪の少女の、その可愛い寝顔を眺める。

旅が始まって三ヶ月ほど。本人は気づいていないようだが歴戦の巫子でも担《にな》えないような依頼を彼女はこなしていた。適当にきまぐれに力は貸しているが、これだけの依頼が舞い込むのはやはりペコラの素質ゆえだろう。

海の魔物もリベリオならどうとでも出来るが――それより、彼女がどう処理をするのか気になって仕方がない。

それは今この状況になっても同じだった。邪神の愛し子として追われているペコラがどうするのか、どうなるのか予測が出来ないからこそ面白い。そのための雑務など些事《さじ》に等しい。

野宿ばかりで眠れていないのは知っていた。抱き寄せてもたれさせてもペコラは眠ったままで、狩ってきたウサギを片手ですばやくさばいて火であぶる。

「ん、んん……」

胸の中でペコラが苦しげな声を出した。

人は弱い。共同体から追い出されればあっという間に衰弱する。それこそ街の中にいないのであれば獣や魔物のほうが生命体としては上位だ。

(どう切り抜ける?)

青ざめた顔を眺めて唇に手を置く。だが懸念《けねん》もあった。このわずかな期間で彼女の身体は、前よりも一層細くなっている。

——これからどうなるか、楽しみにしているよ。

ふと、海で別れる前に、キースがリベリオに囁《ささや》いた言葉を思い出す。

(依頼についてかと思ったが、……まさかあいつ)

ここに至っても妙に掴めない、いけ好かない男の面影《おもかげ》に顔をしかめるとペコラが身じろぎした。

「ペコラ様、ご飯食べますか」

声をかけるとそろりと瞼が上がった。焦点が合わない小麦色の瞳がリベリオの顔をさまよう。いつもキラキラしていたその目も今は不安と怖れで揺れていた。ちょうど焼き上がった串を差し出しても受け取ろうとしない。

「……もういいでしょう」

思わずその言葉が口から出ていた。

醜悪《しゅうあく》な人間の魂は邪神のリベリオの、そして健全な魂は正神のものだ。ペコラは後者で……このまま死ぬとリベリオの手出し出来ない領域に去ってしまう。こちらに引きずり込むには、契約で連れていくしかない。

「『こちら』に来ませんか」

すでに人間の攻撃対象はペコラに定まった。無実を訴えても、いや実際愛し子の印があるからこそ何も出来はしまい。そこにわずかに作為的な力を感じるからなおさら。

であるならば人の世に長居は不要だ。むしろちょうどいい機会になる。そう思っていると腕の中のペコラは首を振った。

「まだ、……依頼も途中です」

「……」

頑《かたく》なペコラに息を吐くと、彼女がそっと手を伸ばした。

「と、いうのは建前《たてまえ》で、いえそれもあるけどそうじゃなくて……」

震える唇が動く。

「このまま、人間の世界を離れてリベリオさんと一緒に過ごすのは……とても魅力的な誘いなんですが……」

少しずつ、目に光が戻ってくる。一生懸命に言葉を捜すように。

「どうしたらいいのかわかりません、でも、このままだと後悔してしまいそうで。ただの落ちこぼれで逃げたままで、リベリオさんの隣には立ちたくないんです」

まっすぐにリベリオを見るペコラの手を取る。

「具体的に、どうするんですか」

「それはこれから考えます！」

リベリオが小さく息を吐いてペコラをもう一度ぎゅっと抱き寄せる。怠惰《たいだ》と堕落を好む邪神である自分がどうしてこんなにこの子に惹かれるのだろう。本来であれば、全く交じり合わないもののはずなのに。

(だが、それも心地よく感じるのはどうしてか)

ペコラを見ていると、可能性というものを信じてみたくなる。

「わかりました」

言いながらリベリオは後ろから抱いているペコラの服に手を入れた。途端に面白いように彼女の身体が跳ねた。

「何を……った、旅の間はダメって」

「どうせ旅もお休み中じゃないですか」

やわらかい胸を捏《こ》ねながら首元に顔を埋めるとペコラは抵抗を激しくした。

「私、水浴びくらいしかしてなくて……、しかも冷たいからカラスの行水だし！」

「ペコラ様の匂いがしてちょうどいいです」

「そんなことしている場合では……っ」

可愛く押し返そうとする身体を押さえて、頤《おとがい》に手を置きこちらに顔を向けさせて唇を重ねる。胸元の邪神の証に手を添えると、すぐにペコラは糸が切れたように脱力した。

真っ赤になった顔でリベリオを睨む。見つめ返して微笑んだ。

「何もかも忘れて愉《たの》しみましょう」

ゆっくりと服を頭から脱がせて、下着だけのペコラを後ろから抱いてやわやわと胸への愛撫を再開する。

「胸、大きくなりましたね」

「……知りません！」

笑い交じりに問うと、ペコラが顔を背《そむ》ける。リベリオはその手を秘部へと伸ばした。

「っ、や、……ぅ」

幾度もリベリオを受け入れたところを指で擦って、入口に差し入れればすんなりと指が入る。愛撫しながらリベリオはペコラの耳をしゃぶった。耳朶《みみたぶ》を舐めて舌を差し入れる度《たび》にびくんと華奢《きゃしゃ》な身体が跳ねる。わざと水音をさせていたぶるその合間に、ペコラの足の間からも恥ずかしい音が聞こえてきた。

「ん、っリベリオ、さ……ふ、……う、ぅ」

気怠《けだる》い熱に思考を溶かされペコラは身悶《みもだ》えた。ついに泣き出したその頭を撫でてリベリオがさらに深く侵入する。

「……あ、っ、あぅ、……ひゃっ」

マントを下に敷いてペコラを仰向けに倒した。濡れた秘所が晒されるのが恥ずかしいらしく、膝を立てて擦り合わせるそれを開いて、リベリオが身体を押し入れる。それすらも刺激になってペコラの呼吸が荒くなった。

舌なめずりをしたリベリオが上に覆《おお》いかぶさった。さらりとペコラの前髪を持ち上げて腕の中に閉じ込めるようにして、剛直を中に突き立てた。

「――っ」

「ああ、いつもよりきついかな。すぐによくなります」

「ふぁ、あ」

直接粘膜が触れ合う。入口近くの蕾《つぼみ》を指で擦りながら雄茎を熱い奥へと潜《もぐ》り込ませた。

「あ、っあ、あ」

「ペコラ様、あまり締めずに」

のけぞるようにして喉を震わせるペコラをなだめつつも、動きは止めない。ようやく奥までリベリオを受け入れた彼女は、荒い息を吐き身体をひくつかせていた。

「……っふ、……ふ」

「泉や、竜の時にはあんなに凛《りん》としていた巫子がこんな淫《みだ》らな顔をしているなんて、誰も想像してないでしょうね」

瞬《まばた》きでペコラの涙が頬を伝う。頬を手で包んでリベリオはその美味しい涙を舐めとった。その間にも腰を動かすとペコラはひくりと喉を震わせた。

「待っ、はや、い」

「今日くらいは俺の好きにさせてください」

「そんな、いつも……っ」

ペコラに言葉の意味を考えさせる猶予《ゆうよ》も与えず、足を掴んで攻め立てる。快楽に弱い身体は数度突かれただけでもう意識を蕩《とろ》けさせた。

「ん、っん」

ほとんど抵抗する力のないペコラの手を地面に押さえつけてリベリオが奥をかき混ぜる。弱いところを重点的にえぐるような動作に、愛し子の印で熱を孕《はら》んだ身体はもう絶頂してしまいそうな気配だ。

「あ、ああ、――……っ、ん、ぁ」

びくん、と背中を反らせたペコラが波に逆らえず、長く甘い頂《いただき》に身体の最奥を痙攣《けいれん》させる。彼女を抱きしめていたリベリオは、しばらくして屹立《きつりつ》を抜くとその軽い身体を抱き上げた。

「っ、ふ、う……う」

敏感な蕾《つぼみ》を撫で、時折指でこねるとすぐに声に甘いものが混じった。

「あ、あう」

「可愛い……」

糸の切れた人形のようなペコラに囁《ささや》いた。

「自分で入れて」

リベリオの雄茎も、また早く中に入りたいとそそり立ったまま先端から液体をこぼしていた。リベリオの肩に手を置いたペコラが首を振る。

「こ、これからのこと、考えなくちゃいけなくて……っ」

「ペコラ」

「——、っ、ひう、ん」

意志を持って囁《ささや》くと、愛し子の印がわずかに発光する。名を呼ぶだけで達するようにされた身体をガクガク震わせてペコラがリベリオの肩に顔を埋めた。

「自分で、受け入れろ」

「……っ、待って、まだイっ……」

戸惑うような声を出しながらペコラが自分で屹立《きつりつ》を入口に導いた。蜜洞は狭く痙攣《けいれん》していて、そこに雄茎が潜《もぐ》り込む。

「あ、っあう、あ……あ」

苦しげに吐息をこぼすペコラの頭を撫でたリベリオが腰を軽く打ちつけた。まるで処女地のように狭い隘路《あいろ》は絶頂の余韻で怯えていたが、お互いの液で擦れてゆっくりと埋まっていく。

「あ、う、……」

全身に汗を掻いたペコラの肌に白い髪がはりつく。息も絶え絶えな身体を支えて、リベリオも邪魔そうに服を脱いで滑らかな肌を合わせた。

「動きますよ」

「ん、っは、あ、ぅ……あ、あ」

腰を掴んで揺さぶると、すぐにペコラの口から甘い声が飛び出す。揺らされる度《たび》に悶《もだ》えるペコラの髪や頬にリベリオは優しく唇を落とした。

「や、っもう、ん、っん……――」

我慢出来ずに達する間も打ち込まれて彼女が息を呑んだ。

「っふぁ、あん、っや」

ぎゅうっと強く抱き込まれながら犯されてペコラのつま先が地面を掻いた。細い手首を掴んで上から覆《おお》いかぶさる。好き勝手に揺さぶられ涙に濡れるペコラの目はすでに焦点を結んでいない。

「……俺の……」

「待っ、まだ、ぁああ」

ペコラの悲鳴が洞窟にこだました。

どれくらい経ったのか、ほとんど意識を飛ばしているペコラを犯していたリベリオはやがて動きを止め、最奥で熱い飛沫《しぶき》を吐き出した。

「――はぁ」

中に精を放ったリベリオが息を吐いてペコラの上にのしかかった。繋がったまま、目を閉じて喘《あえ》ぐペコラの髪を名残惜しく撫で続けた。

＊　＊　＊

翌日、ペコラが起きたのは宿屋の中だった。

ずっと野営をしていた身体はいつの間にか綺麗になっていて、ふわふわの布団の中で目をこする。

朝の光が窓から差し込んでいて、ベッドのかたわらに置いている椅子には愛用の鞄があり、その上でダンゴムシが眠っていた。

トントン、と扉を叩く音がした。

（そうだ、私、指名手配されて――）

わたわたとベッドから下りて鞄ごとダンゴムシを抱き上げる。

――キュッ！

完全に寝ていたのか驚く声を上げるダンゴムシに静かにするよう合図して、窓から逃げようと両開きのそれに手をかけた。風と一緒にカーテンが揺れる。朝の空気がいっぱいになるほど部屋の中に吹き込んだ。

朝日が差し込む港の町並みはどこまでも綺麗だが、なぜか物悲しく感じた。

「なんだ、お客さん起きてるじゃないか」

応答がないことに痺《しび》れを切らしたのかドアが開けられた。入ってきたのは朝食のお盆を手にした女性だ。宿屋のおかみさんだろう、備品やかかっている看板と同じロゴの入ったスカーフを首に巻いていた。

「今日もいい天気ですねぇ」

「ええと」

ペコラの手配書はいたるところに貼られているはずだ。けれどおかみさんは気にするそぶりもなく、持っていたお盆を置いた。

（あれ？　でもなんで私、指名手配されてるんだっけ？）

神殿に届いた依頼をこなす旅の最中のはずだ。精霊であるダンゴムシと、学者のキースと一緒に。そんなことをされる理由がない。

そこでお腹が鳴ったのでありがたく焼きたてのパンを頬張る。魚介がたくさん入った味の染みたスープを飲んで果物をダンゴムシと分けた。

「……こんなに長期の依頼旅だけど護衛騎士がいないのは、やっぱり落ちこぼれだからかな」

――キュウ？

ダンゴムシが声を上げる。支度を終えて、ちょこちょことベッドの上やペコラの膝を歩き回っていた彼を抱いて、隣のキースの部屋をノックした。しかし返事はない。

「神殿に行ってきます」

それだけ声をかけて街に出た。

港町は朝から活気にあふれている。海のほうからやって来る人たちが背負う籠《かご》に魚がたくさん入っている光景は、山育ちのペコラには未だ新鮮だ。同時に前世で食べたお刺身や鯛めしの味がよみがえって生唾が湧いた。

「お醤油《しょうゆ》、作ってみようかな。ダンゴムシくん、コウジカビは作れる？　ああでも毒性のあるものもあるんだっけ、ニナちゃんに相談しないと」

——キュ、キュー。

「そうだね、この依頼が終わったら一度王都に戻ってもいいかも」

そんな話をしながら神殿までやって来た。けれどどうしてか入りづらく、ペコラは遠巻きにして中に入っていく人たちを見守った。

だがいつまでもそうしているわけにもいかず、こそこそと門をくぐると受付の神官がペコラを見て驚いた顔をした。

「ペコラ様！　今までどちらにいらっしゃったのですか、姿が見えなくなってみんな心配していたのですよ」

「え」

「追加の依頼もこんなに」

どさりと目の前に書類を置かれた。

（……定期連絡はしていたと思うんだけど）

そもそもこの街を拠点にしたのは数週間前だ。宿を神殿にしていないのは申し訳ないが、神官の言動はまるで行方《ゆくえ》不明者を見るようなもの。頭の中がはてなマークでいっぱいのまま書類を受け取ると、どれも生活向上や寄生虫駆除、肥料関係の依頼だった。

「でも、旅に神官騎士の護衛をつけないのは不用心ではないでしょうか。巫子の力を利用しようとする者も出ていますし」

「私はそんな大層なことをしてもらうような巫子ではないので……それにキースさんがいます、し」

そこで、ふと赤い髪の青年の姿がよぎる。やけに胸騒ぎがしてペコラは胸を押さえた。

（なんだろう）

何かとても大事なことを忘れている気がする。

「ペコラ様？」

「あ、いえ、なんでもないです」

心配そうに声をかける神官に答えた。

「漁港からも早くどうにかしてほしいと催促《さいそく》がきていますよ。肥料作りはそんなに時間がかかるものですか」

「あはは……」

それよりも依頼に集中しなければ。

（そもそもあんな大きな魔物を追い払えというほうが無茶なのでは……あれ？）

ものを土に変えるしか出来ない巫子が、どうしてあんな大型の魔物についての依頼を受けているのだろうか。しかも、実際の依頼に隠すようにして。

釈然《しゃくぜん》としないまま宿に戻ると、キースが部屋で荷物をまとめていた。

「ちっ、あいつ……」

ペコラを見て舌打ちをする。いつもと違う雰囲気に困惑していると彼が言った。

「そろそろ王都に帰ります」

「そう、ですか」

そもそも精霊と巫子について研究がしたいと一緒に旅をしてきたのだ。さすがに数週間経っても解決出来ないペコラに嫌気が差したのだろう。

「……邪神教をそそのかしたのも、印を見せるようにしたのもあいつを苦しめるためだったのに、こんなにあっさりとすべてを手放すとは」

「え、ええと」

何の話をしているのだろう。

「そういえばキースさん、邪神教徒でしたっけ」

「――お前も、邪神が汚らわしくて不必要なものだと思うか」

いつもと口調は違うが静かな問いかけに、ペコラは瞬《まばた》きをした。少し考えて答える。

「……いえ、それに救われている人が大勢いるのは知っています。迷惑をかけるのはよくないと思いますが」

わずかに空気が揺れた気がした。きょろきょろと周りを見るが、窓も閉まっていてそれ以上何も起こらない。

「つまらん」

どこか拍子抜けした――いや、苦々しい表情で吐き捨てられる。柔和な彼の思わぬ表情にびっくりしている間にキースは宿を出ていってしまった。
空《から》っぽになった部屋を見る。ずっと依頼の旅に同行してくれた連れだ。四六時中一緒というわけではないし、別行動をすることもあったのに、それ以上に寂しく感じた。

夜明け前の漁港で、ペコラは魚の内臓の積まれた場所近くでようすをうかがっていた。

「……巫子様、どうするんですか」

「静かに」

街の人にもお願いして新鮮な内臓を集めてもらった。魔物がいつも食べに来ているのであれば、ここに姿を現すはずだ。

そして案の定、太陽が水平線から顔を出したところで大きな影が海から上がってきた。ヴォ、ヴォ、ヴォと上機嫌に鳴く魔物は相変わらず大きい。彼はのそのそと内臓に近づいてそれを食べ始めた。

(ダンゴムシくん!)

――キュ!

心の中で呼びかけて、頼もしい返事を聞く。そろりともう少し近づいて彼の力で――魔物の中にいる菌や細菌、小さな虫に呼びかけた。

(暴れて!)

「グオォォオオオオ!」

途端に魔物の声が大きく響く。苦しそうにのたうち回る魔物に心の中で謝って、さらに菌たちを活発化させた。漁港《ここ》に来るとお腹が痛くなると思わせるのだ。数分後、身を翻《ひるがえ》して魔物が海に消えていった。

「船を出してください！」

「ええ？　もういいんじゃないですか」

魔物の暴れ回った後は凄惨《せいさん》な状態だった。

「もう少し沖合まで、追い出さないと」

菌たちに呼びかけられる範囲はそんなに広くない。とにかくこの海域から出るまではお腹を壊してもらわなければ。

「あと、終わったらちゃんと菌たちを鎮《しず》めないと」

「ちくしょう、わかりましたよ！」

男気のある漁師が船を出してくれた。漁場よりもさらに遠くまできたところで、海に潜《もぐ》る魔物を捜していると。

「来た！」

漁師が怯えた声で叫んだ。船よりも大きな影が近づいて、円を描くように船の周りを回る。時折、よじるように身体を船体に擦る度《たび》に足元が大きく揺れた。

（あと少しだけ……）

——キュウウ！

ダンゴムシも最後の力を振り絞ってくれた。それではじかれたように魔物が逃げていく、その瞬間に活性を弱めた。

（ここにいると退治されてしまうから、沖のほうへ！）

無駄だとわかりつつ呼びかける。そのまま魔物の影はすっと海底に向けて沈んだ。ほっとしたところで、また船が揺れた。

ぬるりと海から現れたのは——先ほどよりも大きな個体だ。

「うそ」

同種の魔物が二体来ていたのだ。

「み、巫子様、転覆《てんぷく》します！」

漁師が悲鳴を上げる。体当たりをしているのか舳先《へさき》にしがみつかなければいけないくらい揺さぶられた。海に落ちればどうなるかなんて、想像もしたくない。

「り、リベリオさんどうしたら……っ」

ペコラはそう言って振り返るが、そこには誰もいなかった。

「？」

自分の行動がよくわからない。

「リベリオ、さん？」

どうしてだろう、言葉にすると胸が詰まる。うつむくペコラをダンゴムシが首を傾げつつ心配そうに見た。自分の手を見るとそこには彼の愛し子の印があった。

ちらりとピンで止められた襟元に視線をやる。そこは日焼けしているが何の異常もない。

（……私、何かを忘れて）

「危ない！」

考え事をしていて動くのが遅れた。漁師の言葉にはっと我に返ると、目の前で魔物が大きく口を開けて襲いかかってきた。反射的にダンゴムシを船の端に転がして身を固くする。

（……？）

けれど、思っていた衝撃はこない。

おそるおそる目を開けると――そこには、一人の青年が立っていた。

突然そこに現れたとしか思えない状況に目を見開くペコラの前で、腕一本で魔物の鼻先を押さえていた彼が、何か風が通り抜けるような音を発する。

途端に魔物はバラバラになって海に落ちた。赤い色が海ににじむ。

「え……と」

青年が振り返る。赤い髪を潮風に揺らす彼の緑の目は宝石のようにきれいだが、冷え切っていて光がない。何の感情も見当たらないそれがふいと視線を外して、……その姿が消えてしまった。

「今のは……」

いつの間にか靄《もや》が船を覆《おお》っていて漁師は眠ってしまっている。起きているのはペコラだけだ。呆然としているとそのうちに靄《もや》が晴れて漁師とダンゴムシが目を覚ました。

「すごい……っペコラ様、ありがとうございました！」

魔物の残骸《ざんがい》が海に浮かんであたりが赤くなっているのを見て、漁師がペコラの手を取った。

「い、いえ。私ではなくてそこに赤毛の男の人が」

「何を言っているんですか、こんな沖合に人がいるわけないでしょう」

先ほど見知らぬ青年がいたところを示すが彼はとり合ってくれない。

釈然《しゃくぜん》としないまま二体の魔物の脅威を見事に追い払ったとして、漁師たちにさんざんお礼を言われてペコラは漁港を出た。その足で神殿に向かう。

「聞きましたよ、魔物退治のお手柄だとか！」

「……ええ」

受付の神官の言葉にあいまいに笑みを返した。自分でも未だに、何が起こっているのかわからない。

「そうだ、ペコラ様がこちらにいるということで手紙が届いてますよ」

「こ、こんなに？」

預かりそびれていたのか、大量の手紙が一抱えもある袋に入れて渡される。差出人を見ると旅の間に知り合った人たちからのもあるが、ほぼ半数以上が王都にいるニナからだ。不義理に気づいて青ざめた。

（そろそろ返事を出さないと怒られる……！）

何が書いてあるのか察しがついて、慌てて宿屋に戻って開封した。

思った通り返事がないことを心配しているようすがうかがえる。数日前の手紙を広げると、やけに心配そうな文章とともに、そろそろそちらに合流します、の文字。

（それは嬉しい）

数ヶ月ぶりの明るい笑顔が見られるのが楽しみだが、気になることがあった。ニナからの手紙の端々にまるで抜き取ったように空白があることだ。前後の文脈は誰について書いているのかもわからない、意味をなさない不思議な文言だった。

それを何度も読み返す。ふと思いついて今まで受け取った手紙も検分してみたがやはり同じような空白がある。

胸元をさする。巫子の依頼旅に護衛がつかないなんてことがあるだろうか。回復の泉に竜の生贄《いけにえ》、魔物退治なんてとんでもない出来事を、どうしてペコラは平然と受け入れられるのだろう。

不自然さに頭の中が混乱する。とても大切で大事なことを忘れている気がした。

毎日届いていた手紙の数週間の空白は――手紙に視線を落とすと封筒から一枚、赤い天鵞絨《ビロード》の布が落ちた。

『　様のような赤い布地をもらったので送ります』とニナのメモが添えられている。その色と、朝靄《あさもや》の船で見た青年の髪が重なった。

「――リ……」

そのまま立ち上がって、ペコラは宿を出た。

人と何度もぶつかりながら街を抜けて神殿についた。すでに顔見知りになった神官の受付に駆け込む。

「ペコラ様、そんなに慌てて……ああ、また依頼が来ていましたよ」

「あの、っ……リベリオさん、私の専属騎士は来ていませんか！」

「専属騎士？」

受付の神官は首を傾げた。

「失礼ですが、専属騎士はいらっしゃらなかったかと」

「し、神官騎士は、依頼旅の護衛の」

「前に話した通り学者のキースさんとお二人旅でしょう……って、何を！」

人目も気にせずにピンで留められた胸元を開く。戸惑う神官も気にせずに、そこにあったはずの邪神の愛し子の印が消えていることを知る。

すぐに宿屋に戻ったがリベリオの荷物は何もなかった。あんなに憎悪を向けていた街の人はペコラを見ても何の反応も示さない。それどころか巫子様と無邪気に話しかけてくる。

「そんな」

リベリオは、消えてしまった。


「こんな夜に船を出すのは危ないよ、魔物もいるかもしれないし」

「私一人でも、船だけお借り出来ませんか」

港で頼むと、朝の漁師が付き合ってくれた。月明かりのもと、魔物が出たところまでやって来る。穏やかな水面《みなも》に月と星灯りが反射して視界は意外と明るい。

不思議な数週間の空白。皆の態度、そこから考えられるのはひとつだけだ。

(私を守るために、リベリオさんがみんなの記憶を消したんだ……！)

けれど、どうしていなくなってしまったのだろう。魔物に襲われたペコラを助けてくれたのに、また姿を消した理由は？

(リベリオさん……っリベリオさん！)

数時間波間をただよって必死に名前を呼びかけた。

「巫子様、そろそろ……うわっ！」

漁師が声を途中で途切れさせた。顔を上げると、血のような赤い髪の青年が舳先《へさき》に音もなく立っていた。

「こ、こんな……海の魔物か！」

「リベリオさん」

ほっとして近づくと、リベリオが口を開いた。

「お前は誰だ」

聞いたことのないくらい低い声。その冷たさにぞっと背筋が凍る。ぎゅっと唇を噛み締めてペコラはリベリオを見た。

「私です、ペコラです。——あなたの愛し子の」

「愛し子」

リベリオが鼻で笑った。

「そんなものはいない」

「います、いたんです。ここに印も、……っ」

すでに跡形もなく消えた場所に手を置く。そこでリベリオの手が伸びてきて大きな指がペコラの首にかかった。

――キュー！

ダンゴムシがリベリオの腕に体当たりをした。手が離れてよろけて甲板に膝をついたペコラの前にダンゴムシが立ちふさがる。だがその背中はぷるぷる震えていた。

「虫けらが」

――キュッ……キュウウ！

「やめてください！」

無理やり丸められて圧をかけられるのを見て抱きしめる。ダンゴムシの背中を撫でていると、またリベリオに首を掴まれて上を向かされた。その拍子に涙が一粒こぼれる。

視線が交わって、リベリオは目を細めた。

「泣き顔は意外とそそるな。……女、俺と一緒に永遠の惰性《だせい》と快楽に堕ちるなら、飼ってやってもいい」

「――……、っぅ」

気管を押さえられて呼吸が出来ない。

呑み込めない唾液がペコラの口の端からこぼれ、視界がかすんで、意識を失う前の一瞬。

「そこまでです！」

ぱん、と突風が吹いてリベリオがペコラから距離を取った。わずかにひるんだ彼はそのまま、夜の闇に姿が見えなくなった。

「ペコラ様！」

「ニナ、ちゃ……っごほ」

ニナが、ふわりと風の精霊の力で海を飛んできた。服も髪もぼろぼろの彼女が咽《む》せるペコラの背をさする。振り向くとすでにリベリオはいなくなっていた。

「ごめんなさい、神官長のクソ野郎が……いえ、それより」

ニナがペコラの胸でうずくまるダンゴムシを撫でながら彼方を見る。

「あれは誰ですか？」

ニナの言葉に震えた。あんなに慕《した》っていた彼女も忘れているのだ。

「――リ、リベリオさんだよ……っ私を助けるために、きっと、無茶をして」

「リベ……」

ニナが瞬《まばた》きをする。そしてパァンと音がするほど強く自分の頬を叩いた。

「ニナちゃん!?」

「すみません、状況は把握しました……もう、大丈夫です」

息を大きく吸った頼もしい巫子が微笑む。思わず涙をこぼしたペコラの手が優しく握られた。

＊　＊　＊

こうなることはわかっていたはずだと、陸に戻ったニナは落ち込むペコラの前で歯噛みした。

依頼の旅に出たペコラとリベリオは途中で邪神の愛し子と知られて人間に追われる。その途中でリベリオがペコラから離れる、もしくは誘拐される、殺される、あるいは邪神自身に存在を消される、それが追加ディスクのシナリオ。……時期も違うし、三人旅だからと安易に送り出した自分を殴り倒したい。

寝る間も惜しんで神殿の依頼を超特急で終わらせたのは数週間前のことだった。それは、ペコラが邪神の愛し子と知られた直後だ。足止めにしか思えない依頼はしっかり終わらせたのだが、神殿の転移陣を使わせないという神官長の言葉を聞いて彼を殴りつけた後、精霊の力を総動員して移動し、二人の行方《ゆくえ》を捜した。

だがこの数日でふいに焦りがなくなった。今思うと、リベリオがニナも含めて記憶を消したのだろう。正規の手順で転移陣を使って港町に辿りつき、夜の海に出ているペコラを追いかけたのだ。そこで見たのは、赤い髪の男がペコラの首に手をかけているところ。精霊の力による攻撃は防がれたがなんとか間に合ってよかった。

（もう、ペコラ様は無茶をして！）

展開を知っていたとしても、登場人物の一員になったなら神の力には叶わないと思い知らされる。けれど現状を彼女に伝えなければ。

「リベリオ様の記憶がなくなってしまったんですよね」

「う……うん」

「彼はすべての人の記憶を消す代償に、ペコラ様に関することを忘れてしまっています」

わざと断定的な言い方をすると、ペコラが息を呑んだ。

「ゲームではどうやって元に戻ったの？」

「それは……」

口ごもる。元のゲームにはそれは記されていなかった。最悪の――ペコラが暴徒や邪神教、邪神に殺されるルートだけは回避出来たようだが。

（このままペコラ様がリベリオ様を捜しに神殿を去ってしまうルートに入ってしまうんじゃ……）

「ニナちゃん、力を貸して」

そこでペコラが顔を上げた。泣きそうな顔をしているけれど生命力をあらわすような小麦色の目はまだきらきらと輝いていた。

「リベリオさんを、連れ戻したい」

第九章　邪神様奪還作戦

王都に戻ったペコラは、ニナとともに王立学園を訪れてキースと面会した。というよりもほぼ乗り込みに近い。

個人研究室という名の彼の部屋には膨大な本が並んでいて、あらゆる学術書と膨大な記録文書があった。地面が揺れたら一瞬で本の下敷きになりそうな状況にも構わず、本題に入る。

「邪神教に入りたい？」

「はい！」

「お願いします！」

突然現れたペコラとニナの言葉にキースが呻《うめ》く。

「……しまった、僕も本に気を取られず先に撤収《てっしゅう》するべきだった」

「？」

「いえ、こちらの話です。でもあのニナ様も邪神教に入りたいなんて意外ですね」

キースはにこやかに微笑んだ。

「ほほほ、神殿の拝金主義とブラックぶりには私も腹に据えかねていて」

「ブラック？」

キースが首を傾げる。ニナと、ニナの口をふさぐペコラを見て彼は話を続けた。

「入信ですが、まずは手首を切って邪神に血を捧げ、その後、邪神の化身である司教と交わる必要が……」

「私はともかく……っニナちゃんにはさせられません！」

想像よりも大変な入信方法にペコラはニナを抱きしめた。

「ペコラ様にもですよ。というかキース様、そうやって入ったんですか」

「おや流れ玉が。さすがにこんな数世紀前の方法はしませんよ、儀式も簡略化されています」

どうやらからかわれたらしい。

邪神教はリベリオの本質とは違う。彼は恐ろしいけれど、目に見える欲や暴力を推奨しているわけではない。あるのはもっと深くて静かで恐ろしい何かだ。

船では偶然会えたが、そんな危険を続けるわけにもいかない。……リベリオは前から邪神教徒の宴《うたげ》の夢に現れていた。そちらから繋がる可能性が高いと見越してのこと。

何の印もない胸元に触れる。このまま会えなくなるなんて、嫌だ。

「ではここに血で署名を」

キースは机の引き出しから羊皮紙を取り出した。差し出されたのは中心に大きく邪神の印が描かれたものだ。それが、触れている胸に前にあったものと同じだと気づいて心が苦しくなる。

「じゃあ針で指を突いて……」

「別に血ならなんでもいいですよ、豚でも鶏《とり》でも」

ごくりと唾を呑んだニナの言葉に、キースはけろりと言った。そんなに適当でいいのかと半信半疑の二人に彼は笑った。

「バレないバレない、どうせ人間の作った集まりですし」

今度の新月に辺境で大きな集会《サバト》が行われるという。その時までに入信手続き書を書いてくれたらいいとキースは言う。ニナはその他にも入信方法を詳しく聞いていた。

にこにこと話をしていたキースは悠然《ゆうぜん》と足を組んでそこに肘を置き、ペコラとニナを覗き込む。

「どうなるのか、楽しみにしています」

当日、こっそりと神殿を抜け出して集合場所に赴《おもむ》くと、キースは個人用の転移陣を用意してくれていた。高価な道具を借りて、着いたのは辺境の森の中にある大きな洞窟だ。すでに中にはそれなりに人が集まっていて、皆、黒いローブを羽織って静かに時を待っていた。

「書類は？」

「ここに」

市場で鳥をさばく時に少し分けてもらった血で書いた。ニナが渡したそれをキースが確認する。

「いいでしょう。ではこれ」

頭からすっぽりと被る黒いローブを渡されたのでペコラはそのまま羽織ろうとして、キースに止められた。

「駄目です、脱いで」

「はい？」

「服は着てはいけません」

その一言で何が起こるか嫌な想像が出来てしまった。

（え、えええええ集会って……）

「――し、下着は」

「まぁ、一枚くらいならいいでしょう」

「ニナちゃん！　嫌なら外で待っていても……っ」

「いえ、むしろ俄然《がぜん》好奇心が湧いてきました！」

こういう時は彼女のほうが肝が据わっている。二人で木陰で服を脱いでローブを着て、キースの先導で洞窟に入った。

下に向けて傾斜している岩だらけの足場を抜けると、大きな洞《ほら》に出た。壁に松明《たいまつ》がある以外に灯りがなく、お互いの顔も見えないほど暗い。

ひそりひそりと囁《ささや》くような声がするだけで、妙な静けさが場を満たしている。

邪神教の印があるキースはそのまま、ペコラとニナは羊皮紙を渡して邪神への崇敬の言葉を唱える。ニナなどむしろ嬉々として邪神への愛を語り、入信を協議する係を困惑させていた。

無事に審査を終えて、最後に新規入信者が集められて邪神教の印を身体に刻むことになった。焼きゴテを手に係がおごそかに言う。

「どこでも好きなところに」

「では、ここにしましょう」

ニナが前髪を掻き上げた。

「……ニナちゃん、それはさすがに」

「邪神様《リベペコ》への愛を隠す必要が？　……というのはさておいて、アトウッドにゴムで作ってもらいました。イグの火の加護付きで」

ひそひそと話しながらニナが改めて髪を掻き上げる。そこにはよく見なければわからないほど皮膚とそっくりなゴムの膜が貼られていた。

「ペコラ様もこれを。まがい物の印なんてつけさせるわけにいきませんから」

薄いが丈夫なゴムの皮膚を渡される。どこに貼ろうか迷って、手のひらに貼りつけた。

それはすぐにペコラの肌になじんで、境目すらもほとんど見えなくなる。焼きゴテに苦しみの声を上げる新たな邪神教徒にならって、ペコラも痛そうなふりをした。

ニナの額の焼きゴテには再び皆困惑していたが、そうして無事に入信することが出来た。


ニナとしっかり手をつないで会場に入る。

そこで気づいたのだが、新規入信者はローブの色が少し薄く他の教徒と見分けがつくようになっていた。女性は割合少ないらしく、しかも新人ということで周りからじろじろと視線を向けられた。

(みんな、服着てないのかな)

裸マント集会。少し見方を変えると面白い。

「おお、新入りか」

一人の大男がそう言ってペコラに手を伸ばす。よく見るとそれは港町のあの男性で――その手をニナがぴしっと振り払った。

「汚い手で触らないでいただけますか」

「なんだと、っぎゃああ!」

声を荒らげた大男の手が一瞬だけ炎に包まれた。慌てふためく彼の手にはしかし火傷《やけど》はなく、周りの教徒は何をやっているんだと笑った。その騒ぎの隙にニナがペコラを壁際に誘導した。

「うろうろするのは危険ですね、ペコラ様こっちに」

ちょうどいいくぼみを見つけて身を隠し、ニナが前に手を翳《かざ》すと、周りの岩そっくりの薄い壁が出来た。二人分のわずかな覗き窓を作ったそこに水鏡と光のきらめきが入る。

「光を曲げて、姿が見えないようにします。まぁマジックミラーみたいなものですね」

「さすが六精霊の巫子……！」

「もっと言ってくれてもいいんですよ」

ニナが胸を張った。

壁に埋め込まれた鏡と思ったのか邪神教徒たちは気にせずに前を素通りしていく。ちなみにキースは入口でわかれてそれきりだ。

(相変わらず自由な人だなぁ)

思い思いに酒を飲みかわし麻薬を吸っては堕落をむさぼる。麻薬の焚《た》かれる匂いで多くの者がとろりとした目になって、あちこちで座り込んだりしていた。

「……これは吸わないほうがいいですね」

言いながらニナが指を回すと、どこからか新鮮な空気が隠れ場所に吹いた。

気怠《けだる》い空気が蔓延《まんえん》する会場では参加者の呼吸がやけに荒くなっていた。これからどうなるのか、じりじりした時間が過ぎてようやく、洞窟の奥にある壇上に一人の男が立つ。

「偉大なる我らが父、邪神の宴《うたげ》へようこそ」

芝居がかったようすで男が両手を広げた。彼が司教だろうか。

「敬遠な教徒たる我らが堕落の限りを尽くした時に邪神様は姿を現すでしょう。さぁ文明も理性も投げ捨てて好きなように振舞いなさい」

その言葉を合図に教徒たちが動き出した。ローブの下は何も着ていない彼らはそれを次々と脱ぎ捨てて、あちこちで獣のような交わりが始まる。

「み、見ちゃダメ！」

思った以上の祝祭にペコラはニナの目を塞いだ。

「私ペコラ様より年上、……まぁいいですが」

ニナの精霊のおかげで姿を隠せているのでこちらに注意を払う人はいない。ニナの目を塞ぎ、ぺちゃぺちゃぐちょぐちょと液体の音がするのを薄目で確認しつつ待った。

「ちっ、あの女どもはどこ行った。皆で犯してやろうと思ったのに」

大男が熊のように殺気を放ちながらすぐ目の前を通り過ぎる。一瞬、水鏡越しに目が合った気がしたが、そのまま乱れ狂う輪に加わって姿が見えなくなった。

(こ、ここに本当にリベリオさんが来るの……!?)

「うわぁぁぁあああ」

その時、ひと際大きな叫び声がした。

興奮状態になった信者が奇声を上げながらナイフを振り回している。乱交中の信者たちはそれをどこか現実感がなさそうに眺めていて――ペコラは、隠し場所から飛び出した。

「ダンゴムシくん！」

――キュー！

頼もしい声とともに、もももも洞窟中の虫がその男に殺到した。全身を這いずり回る気持ち悪さに悲鳴を上げる彼のナイフをなんとか取り上げて、端に放った。

「怪我人は……」

ほっと息を吐いて周りを見たところで後ろから腕を掴まれた。

「え」

振り向くと一糸まとわぬ信者がペコラの腕を掴んでいた。

状況を思い出して青ざめたペコラのマントを、近くにいた数人が引き裂こうと力を入れる。誰も彼も目は焦点を結んでいない。

「や、やめてください、ほんとうに下着以外、何も着てな……っひえ！」

めくり上げられようとするローブの裾を必死に押しとどめた。しかも何の液体でか、ねばつく濡れた手が足に触れて悲鳴を上げたところで。

――……ふぅ。

すぐ後ろから吐息が聞こえて、抱き込むように大きな手がマントの上からペコラの身体を撫でた。

振り向かなくてもわかる。現実でも夢でも、何度も触れた手だ。恐れおののいたように信者たちがペコラから手を離して地面に跪《ひざまず》いた。

強い力で抱きすくめられて、足が少し宙に浮く。

見上げると、長く伸びた血のような赤い髪の男が立っていた。彼のむき出しの浅黒い肌には白い文様が描かれている。けれど目が合ってもやはりペコラに向けられるのは冷たい視線だ。

「リ……」

「我が神！」

名前を呼ぼうとしたところで司教が両手を広げて進み出た。すでに洞窟内の全員が裸のまま平伏している。

「血の儀式の前においでくださったのですね！　どうぞ祭壇へ」

そう言って司教が舞台の上に置いている椅子を示すと、邪神姿のリベリオはペコラを抱えたまま無言でそちらに進んだ。潮が引くように道を開ける信者たちは皆、腕の中のペコラに突き刺すような視線を向けた。

（う、うう、痛い……！）

視線だけで怪我をしそうだ。ペコラは先ほどまで隠れていた岩場を見た。

（ダンゴムシくん、ニナちゃんにそのまま隠れておくように伝えてくれる？）

――キュ……

（私は大丈夫だから）

心配そうな顔をしつつ、ダンゴムシがふわふわと岩場に飛んでいくのを確認したところで壇上にのぼった。リベリオはペコラを膝の上に乗せ、椅子に片膝をついて座る。

「おお、その生贄《いけにえ》が気に入りましたか」

司教はやけにねばつく声色で言って、会場を振り返った。

「我らの祈りが通じたようだ、さぁ皆、宴《うたげ》の続きを」

歓声とともにさらに乱交が激しくなった。リベリオはそれを興味なさそうに眺めている。

「リベリオさん、私です」

「……」

膝の上で小さく呼ぶがリベリオは反応しない。

(どうしよう、どうしたら記憶を取り戻してくれるのかな……、っ)

その時、リベリオの手がマントの下に入って、何も身に着けていないペコラの肌に触れた。黒い爪が皮膚をかすめるその感触も慣れてはいるが、まさかここで。

「こ、こここでは、ちょっと……っ」

――いい香りがするな。

手を掴んで阻止したところで、ふいにリベリオの声が聞こえてきた。顔を上げるがリベリオはペコラを見ても無表情のままだ。口を閉じた彼の眉がわずかにひそめられる。

――処女ではないが、まぁいい。

(リベリオさんにさんざん抱かれたので!)

心の中で答えても返事はない。どうやら以前と同じくリベリオの心の声が聞こえている状況のようだ。戸惑っている間にもリベリオはペコラの肌を撫でて首筋に顔を埋める。その先の快楽を知っている身体は勝手に期待して、熱を上げて呼吸を乱した。

「ま、待って……」

「邪神様、そんな子より私を」

「私のほうが抱き心地がいいですよ」

それを遠まきに見ていた女性信者たちがリベリオの足元に群《むら》がる。その手が無遠慮にリベリオの身体に触れた。

「ダメです！　私のです！」

その瞬間、猫のように毛を逆立てたペコラはリベリオに抱きついた。刺し殺されそうな視線が向けられる中、覚悟を決めた。

「……リベリオさん」

リベリオの頬に手を置いて、その薄い唇にキスをした。

わずかに視線が動いて彼がペコラを見る。その手を取って己の心臓の上に導いた。

「愛しています」

心を込めて言うと、黒い爪を伸ばした手がペコラの頭に伸びてきた。そのまま強い力で髪を掴まれて上を向く。リベリオは顔をしかめていた。

——何を言っている、人間が俺を愛するのは当然だ。

「っ」

聞こえてくるのは不快そうな声。髪を掴む手は痛いほど力が入っていて、もう少しで首がもげてしまいそうだ。

けれどペコラは両手を伸ばして身体を差し出した。

「私は――リベリオさんの全部が欲しいです。意外と寂しがり屋で、楽しいことが好きなあなたが」

ペコラが愛し子とばれた後、関係したすべての者の記憶を消すなんて邪神でも相当な負担だったはずだ。洞窟で身体を重ねた時、彼はすでにそれを決めていたのだろうか。

そのまま神の庭に連れていくことも出来たのに、リベリオはペコラを人間界で生きていけるようにしてくれた。推しに――好きな人にここまでされて、応えなければファンがすたる。

「愛しています、私だけの神になってください！」

するりと髪を掴む手が解ける。拘束《こうそく》がなくなって、ペコラはそのままリベリオの頭に抱きついた。

一瞬だけ、大きな身体が震えたが振り払われることもなく、しばらくそのままでいると背中に腕が回った。

耳元に顔を近づけたリベリオが呟いた。

「ペコラ……？」

「リベリオさ――」

名前を呼ぼうとしたところでマントを後ろに強く引っ張られた。

未だ動きの鈍いリベリオから無理やり引きはがされる。そのまま信者たちがリベリオに群《むら》がった。

押されてよろけるペコラを、目を吊り上げた数人が取り囲んで蹴った。

「ぐっ」

「独り占めなんて許さないんだから！」

「邪神様は私たちのものよ」

――キュー！

ダンゴムシが号令をかけると、洞窟内の虫たちがペコラとリベリオを取り囲むように防壁を張った。ムカデなど毒虫もいるので信者は悲鳴を上げて後ずさる。

「……ダンゴムシくん、ありがとう」

――キュキュッキュ！

頭の上でふんすと息を吐く精霊にお礼を言う。

蹴られた時に口の中を切ったのか血の味がしたが、乱暴に拭《ぬぐ》って起き上がった。リベリオは虫で作った防壁の中で動く気配がない。

（どうやって連れ出せば……！）

こつ、とそこでやけに静かな足音が聞こえた。

「――神としての存在と、己の気持ちの齟齬《そご》で揺らいでいるな、邪神」

そう言葉を発するのはキースだ。眼鏡をはずした彼はその金目を爛々《らんらん》と輝かせ唇の両端を上げた。

「今なら、お前を斃《たお》せる」

光があふれた。そこにはまばゆいほどの金の髪を揺らす青年の姿があった。

正神。ゲームでは最後にニナと彼が邪神リベリオを倒すのがトゥルーエンド。その文字通り神々しい美貌は画面越しとは迫力が違う。

「キース様が、正神だったの……？」

隠れ場所から出てきたニナが呆然と呟いた。

『そうだ、驚いたろう』

頭の中に直接声が響く。動作一つ一つが大きく、そばにいるだけで身体に火がつきそうなほど熱い。

「……」

ペコラはふらりと正体を現した正神に近づいた。

『なんだ、人の子。驚きのあまり声も出ないか』

右手を握る。

それを――思いっきり正神の腹に向かって打ち込んだ。

『ぐはっ』

「ペコラ様!?」

――キュー!?

思わぬ攻撃だったのか、正神が膝をつく。それを見下ろし、ニナとダンゴムシが悲鳴を上げるのも構わず、ペコラは正神に触れて火傷《やけど》した拳を左の手のひらで打った。

「……全ルート邪神消滅の所業、許すまじ……！」

「ペコラ様ストップ！　まだ今回リベリオさんは消滅してないです！」

ニナが駆け寄ろうとしたところで、ふわりと彼女の周りに三人の精霊が現れた。

「ニナ、まずいって！　正神様本人だよ」

「これはさすがにキツイわ」

「存在ごと消滅させられる可能性があるんだよ～っ」

「……消滅？」

正神の属性である火、水、風の彼らの言葉にニナがふっと微笑んだ。

「リベペコを守って皆と消滅出来るなら何の悔《く》いもないわ！」

「ニナの気持ちは嬉しいけど」

光の精霊ルークが守るように前に出る。けれどお腹を押さえた正神に睨まれただけで、彼もひいっと悲鳴を上げた。そんな精霊たちを後ろに庇《かば》いニナが吠えた。

「ええい高圧的な医者にびびって看護師が務まるか！」

「何の話!?」

四精霊がつっこんだ。

正神が立ち上がってゆっくりと場を見回す。まだ虫の壁に守られているリベリオの前で手を広げるペコラと、その頭の上でファイティングポーズをとるダンゴムシに狙いを定めて近づいてきた。

（くっ、まぶしい……っ）

そのまま燃えてしまうのではないかというくらいの熱と圧にさらされて歯を食いしばった。正神は手を伸ばせば届くほどの距離で立ち止まる。

「……リベリオさんはもう倒させません！　私が相手になります！」

――キュキュ！

ダンゴムシが勇ましく声を上げる。

「もちろん私もです」

ニナが隣に立つ。その姿に正神が目を細めた。

『――面白い』

彼の手が伸びてペコラの頤《おとがい》を指ですくった。

綺麗な顔が近づいてきてふいに傾き、――首筋に彼の唇がついた。

「痛！」

火傷《やけど》した時のような痛みが走って思わず振り払う。ずくずくとした感覚に首を押さえた、その腕を正神にとられた。

『目をつけていただけのことはある』

「今、何を」

その時、冷たい風が吹いた。

リベリオの周りに群《むら》がっていた虫たちが黒い渦《うず》になって飛ばされていく。その真ん中で血のような赤い髪をした男が喉を低く鳴らした。

『――それは、俺のだ』

『おや』

正神に腕を掴まれた状態で振り向くと、リベリオが目を据わらせてこちらを見ている。周りの教徒たちはいつの間にか皆眠っていた。

「ぺ、ペコラ様、首……」

「え」

そこでニナが真っ赤な顔でペコラの首を指さした。水の精霊メリルが小さな水鏡を出してくれて、覗き込むと先ほど正神が触れた首筋に……見たこともない愛し子の印が刻まれていた。

「えええええええ！」

『面白いな、人の子がこれほど神を手玉に取るとは』

『おい、今すぐ外せ』

正神の肩を邪神姿のリベリオが掴む。

『お前だって精霊がいるのに印を刻んだだろう』

「き、消えない……っ、ひっ」

首筋をゴシゴシ擦るペコラの手をぐいっとリベリオが掴んだ。

二神の仲が悪いのは見ての通りだ。彼の印のついたペコラをリベリオがどうするかと言われたら……

（浮気を疑われ、いや殺され……っ）

半泣きで見上げると彼がペコラの胸元に手を置く。真上を軽く押さえられると勝手に心臓がドキドキと速く波打って目に涙がにじんだ。

もちろんときめきではなく生存本能からである。

そのままペコラのようすをじっと見ていたリベリオが顔を近づけた。

（まさか頸動脈《けいどうみゃく》を狙って……！）

耳元で、唇の動きがわかるほど近くで口が開かれた。

『ペコラ』

「は、ははははい！」

『――もう一度、俺のものという印をつけていいか』

その声に含まれるのは甘さと、邪神に似つかわしくないわずかな哀願。

前は知らない間につけられた。それで喧嘩《けんか》もして怖いこともいろいろあって――そして、消えたのを知った時の寂しさは言葉では言い表せない。答えなんて決まっている。

「も……もちろん……」

『やめておいたほうがいいぞ、ペコラ。僕だけで十分だろう』

しかしそこで正神が割り込んだ。

「……正神様、私たちはお邪魔なので行きましょう」

――キュー。

『な、おい、ちょっと！』

ニナが正神を六精霊プラスダンゴムシと結託して引きずっていく。彼らの姿が入口からいなくなるのを見送り、ペコラは改めてリベリオに向き直った。

「……もちろんです、どうぞ！」

服の胸元を掴んで潔《いさぎよ》く開くと、彼が笑った。「じゃあ遠慮なく」と顔をペコラの胸元に近づけて薄い唇が皮膚につく。

軽く吸われる感覚にぴくりと反応して目を開けると、薄暗い炎に照らされた壁には邪神のシルエットが見えた。目の前のリベリオにはないはずの羽と竜の頭部は、人間とは全く形状が異なるけれど確かに彼だと感じた。それを見ているうちにちりっと熱い感覚がして、唇が離れた。

息を吐いて胸元を見ると、前と同じようにそこには愛し子の印がある。

「リベリオさん」

『ん？』

呼びかけると彼はペコラに笑顔を返してくれた。二度と大切なものを手離さないためにペコラはそのままリベリオに抱きついた。しばらくして顔を上げるとそっと顔が近づいて口づけが交わされる。触れるだけで離れた優しいキスは、だからこそ大切に思われているのが伝わってきた。

＊　＊　＊

その後すぐに街の自警団が洞窟に突入してきて邪神教徒たちは捕まった。ペコラたちはその前に素早く離脱して邪神教の印もはがし、無事に王都の神殿に戻っていた。そして。

「あっちへ行け」

「嫌だね」

ペコラの後ろには邪神と正神が控えている。

二人とも神官騎士の格好だ。キースという偽《いつわ》りの身分を解いて、どんな力を使ったものか正神は神官騎士になった。しかも神殿内部に後ろ盾があるのか、問答無用でペコラの専属騎士になってしまった。

「まさかの正神と邪神の三角関係エンド……っ」

ニナは鼻血をハンカチで押さえながら壁を叩いている。最高神二人の力に当てられて干からびかけのミミズのようなペコラは、彼女の背中をさすった。

「こんなのゲームにあった？」

「いえ、二次界隈でのよくある設定ですね。まさに公式が最大手。ありがとう神様」

ニナが楽しそうなら……いや、いいわけはない。

邪神教は司教が謎の悪夢にうなされているということで急激に勢力を衰退していった。

『邪神教？　俺とペコラ様の邪魔になるならいりません。どうせあまり力は変わらないですし』とは有り難い邪神様のお言葉。邪神自ら教団を破壊しているのだから人も減っているのだが、それはそれでいいとニッチな趣味の教徒は入っているらしい。

「私の愛し子という最高の名誉を受けて、ペコラはどうしてそんなつれないんだ！」

正神の言葉にペコラは顔を手で覆《おお》った。

「……ちょっと、とある事情で正神様の存在自体を脳が受けつけなくて」

「ぐっ」

正神は愕然《がくぜん》とした顔で震え出した。

「……いい。嫌われるの、いい……！」

口元を押さえてはぁはぁと興奮するようすはどこかで見たことのある光景だ。邪神と正神、性質は正反対だが一周回って似ているのだろうか。

「ペコラ様は俺が大好きですからね」

リベリオに後ろから抱きしめられる。

あの騒ぎのごたごたでいろいろあったが、いまだに無事戻ってきてくれたことが奇跡のようだ。

ペコラはリベリオの腕にそっと手を添えた。

（無事に、戻ってきてくれて本当によかった）

「――……抱く」

「へっ」

抱き上げられた。

「今すぐベッドに行きましょう」

「待て！　私を差し置いて」

「お前は振られたのだからあきらめろ。ペコラ様、あいつの印を消す方法を探しておきます」

「そんなことさせるか！　むしろお前のを消してやる！」

「落ち着いてください！」

喧嘩《けんか》ばかりの二人をなだめるのがペコラの日課だ。

——キュウ。

やれやれとダンゴムシが首を振った。そこでふと気づいた。

「ダンゴムシくん、少し大きくなった？」

——キュ？

今までは肩や頭に乗せていても違和感がないくらいだったのに、一回りほど大きくなっていた。自在に大きさは変えられるのだが適正サイズが決まっていたように思う。これではきっと寝床の鉢に入らない。

「また新しい鉢を探しに行こうね」

——キュ！

元気な声に微笑んで、ペコラはそっと壁に手をつく。その途端、ぼろっ、と神殿の壁が土くれに変わって大穴が開いた。

「……へ？」

そよ風が入る壁から離れようとよろけて近くの机に触れると、それもみるみるうちにキノコが生えてぼろぼろに崩れてしまう。

「ひっ、何これ！」

「力の暴走……いえ」

ニナは口に手を置いて眉根を寄せた。

「ペコラ様、これはどうですか」

腕にはめている金環を外して差し出される。恐る恐るそれを手に持つと、やはりじゅわじゅわと音を立てて土に分解されてしまった。

「どうして！」

「説明しよう！　これがペコラ本来の力だよ」

そこでキースが叫んだ。

「ほ、本来？」

「それくらい精霊と通じ合っているということさ。どこかの邪《よこしま》な者がペコラの力を抑えていたのを、今は僕が跳ねのけているからね」

「どこかの……」

「邪《よこしま》な」

どや顔のキースから、ペコラとニナが視線をリベリオに向けると、腕を組んでいた彼は顔をそらした。

「も、もももしかして試験に落ち続けたのも全部リベリオさんのせいですか！」

「……力がないと頑張るペコラ様が可愛かったので……つい」

「ペコラ、こんな邪神はやはり放っておいたほうがいいのでは」

「ややこしいことを今言わないでください！」

測定した結果、ペコラの巫子の力は測定不能。そもそも邪神と正神からも愛し子の印をつけられて無事で済む者など聞いたことがないと精霊たちからお墨付きをいただいてしまった。

そんな事情を聞いた風の精霊フェザーがにやにや笑った。

「この力ならペコラを愛し子にしたい精霊が他にも出てくるんじゃゃない？」

「――は？」

「は？」

――キュ？

「なんでもないです……！」

最高神二人とプラス一匹にすごまれて、お調子者の精霊はこそっとニナの後ろに隠れた。

終章

貧民街の一角に作った栽培所は今日もにぎやかだ。

「ペコラ様、これもう取っていい？」

「ええ」

うなずくと女の子が嬉しい悲鳴を上げて目の前にあるマッシュルームを取った。

立てかけている枯れ木にはキノコが実っており、こちらでは酢や酵母を熟成させたり、あちらでは堆肥《たいひ》を作ったりとたくさんの住民であふれている。

「精霊さんここからどうしたらいいの？」

——キュ！

「おーいこっちも見てくれるかー」

——キュキュー。

その中をダンゴムシはごきげんに皆の周りを飛び回っていた。

「キース様、それはこう使うんだよ」

「こ、こうか」

「そうそう」

子どもに教えられて鎧《よろい》姿でキースが畑を耕《たがや》す。精神体でいた時間が長く、身体を使うのはまだぎこちないらしいが、それでも教えられながら少しずつ様になっていた。

そのようすを微笑ましく見ていたペコラは、リベリオが少し離れた木陰に座っているのに気づいた。端整な顔立ちの青年は片膝を立ててぼーっとしている。

「具合でも悪いんですか？」

「いえ」

近づいて声をかけると、彼は首を振った。リベリオはじっと栽培所を見て口を開いた。

「楽しそうだな、と」

「そうですね」

今日もニナにも手伝ってもらって、いろいろ取り組んでいるところである。

ニナは最近はペコラの補佐のみ神殿の仕事を請け負っている。状況が違うからと依頼旅で油断したのがトラウマらしく、前以上に過保護――年下なのでその表現が適切かわからないが――になった。

ペコラはリベリオを見た。赤い髪が風になびく。人型の邪神はこうして見ると本当に単なる青年だ。

はぁ、と彼は悩ましげに息を吐いた。

「……ぶち壊したら楽しそうだなぁ……」

「お前、そういうところだぞ」

首にタオルを巻いたキースがつっこみを入れた。長年の宿敵を前にしてリベリオは言葉を続けた。

「貧困による飢えと疑心暗鬼と病気の蔓延《まんえん》がたまらないのに、すっかり居心地が悪くなってしまって」

(……誉められてるのかな?)

そう思うことにする。

ダンゴムシの精霊のおかげで病気の発生も抑えられている。カロリーはないが栄養のあるキノコと、殺菌作用もある酢、パンを作る酵母で食糧改善。そして堆肥《たいひ》で野菜の生産力も上がっていて、正神の力は一切使わずとも雰囲気が見違えるようになっていた。

(ゲームでも、ヒロインのニナちゃんの力で世界がよくなると具合が悪くなってたし……)

邪神は混沌を司《つかさど》っている。楽しさや満足は正神と違い彼の養分にはなるまい。だから彼はこの状を見逃しているということだ。

「ニナちゃん！」

「うわ！　なんですかペコラ様」

鍋をかき混ぜていたニナを捕まえた。目をパチクリしている彼女の手を引いて、隅のほうで相談をする。

「どう思う？」

「……確かに元気がないような、いつも通りのような、日光浴をするおじいちゃんのような。そして渋々ながらも互いに背中を預け合っているライバル関係にキュン萌えです！」

木の下で何か話しているリベリオとキースを窺いつつニナが言った。

「いえだからキースさんのことはどうでも」

「キース様にだけ塩対応するペコラ様も加点高いですよ」

「真面目に」

ペコラは手を握った。

「私、街の人も大切だけど……リベリオさんも同じくらい大事で、だから私が悪事を働けばリベリオさんも元気になるのではと思って！」

「ぐ、……っ」

ニナが心臓を押さえてその場に膝をついた。

「……かわ……すぎる……発想……っ」

「ニナちゃん？」

「持病の癪《しゃく》なのでお気になさらず」

彼女はすぐに立ち上がって咳払いをした。

「具体的に、悪事って何をするんです？」

そういえば思いついただけで中身を考えていなかった。しばらく考えて、ひらめいた。

「煙草《たばこ》を吸う」

「ペコラ様もう成人ですよ」

ドヤ顔で言ったら真顔で返された。

「……世界征服……？」

「平和な世の中になって、弱体化するリベリオ様が見えます。キース様が喜びそう」

「えっと……」

そこでそっとニナに手を握られた。やけにキラキラした目で見つめられる。

「そのままの貴女でいてください」

「真面目に！」

「いや全部聞こえてるんですけど」

いつの間にやら背後に来ていたリベリオがペコラを抱き寄せた。

「俺の話ですか？」

嬉しそうにペコラの髪に頬を擦り寄せる。

「リベリオ様のために悪い黒ペコラ様になりたいそうです」

「最高ですね」

「ええ」

二人がうなずくのを見て、ペコラの頬がふくらむ。本気で心配しているのに。

「……実際どうなんですか？　影響とか」

振り仰いで聞くとリベリオは明るい日差しの下、生き生きと活動している人々を見て目を細めた。

「全く何も？　ただ、元気に働くペコラ様が可愛いなぁと思ってぼんやり見てただけです」

「それはそれで悲しい……！」

やはり、ニナと違ってモブ巫子では世界平和への力が足りないのだろう。

視線を下げるとよしよしと頭を撫でられた。

「逆ですよ、こんな世界もいいかと思ってたんです」

（まぁでもそれはそれとして）

＊　＊　＊

その夜、こっそりリベリオはペコラの部屋に忍び込んだ。勝手に入ってこないよう言われているが、それも彼の気分次第の約束だ。キースは人の身体に慣れていないのか夜は結構ぐっすり寝る性質だ。ちなみにお互いの監視も含めて同じ部屋で寝ている。

リベリオはベッドに綺麗な白い髪を散らして眠っているペコラを覗き込む。その目元を手で覆《おお》った。

「黒ペコラ様もちょっと見たいというか」

わずかに力を込めて、彼女の理性のリミッターを外す。

「っ」

ぴくりと身体を震わせたのを見て手を離した。

正直、歓喜の人間の声は耳障りだがそれを愛し子《ペコラ》が嬉しいと思うなら構わない。そして、それとは別に彼女の本性というものにも興味がある。清らかでお人好しの彼女が、無意識の奥底にどんな心を隠しているのか……どんなにおぞましく醜悪《しゅうあく》でも残虐でも大歓迎だ。

ベッドの端に座ってペコラの頬を愛おしげに撫でていると、長い睫毛を震わせて彼女は目を開けた。

「……？」

「さてこれで」

ぼうっとした表情のペコラが起き上がる。

窓から入る月明かりを綺麗な髪が反射する。華奢《きゃしゃ》な身体を質素な寝間着に包んだ彼女は、目の前のリベリオに手を伸ばして、ぎゅっと抱きついた。

「リベリオさん……」

寂しそうな声を聞く。

そのまますがるようにペコラはじっとリベリオの腕の中にいた。邪神教の壊滅やら正神の騎士やらでバタバタしていて、そういえばこうして二人きりになるのも久しぶりだ。

リベリオはペコラの腰を抱き寄せた。

「抱いていいですか」

頬に手を置いて耳元で囁《ささや》くと、ペコラはとろけるような嬉しそうな表情でうなずいた。

お互いの存在を確認するようにキスをする。触れる手に気持ちよさそうに目を細めるペコラに口づけをしながら、服を脱ぎ合ってお互いの肌に手を這わせた。

「ん、く」

「ペコラ様の中、濡れててもう入れそう」

胸の先を口に含んで足の間を探ると、彼女は息を乱しながら瞬《まばた》きであふれてくる涙を頬にこぼした。それも美味しそうで、リミッターの外れた彼女の中にこれから入る快楽に心が高揚する。

「……はぁ」

ペコラが熱い息を吐いた。愛液を太腿にこぼすペコラが焦点の合わない目でリベリオを押し倒す。

(ん?)

ベッドに背中をついて見上げると、彼女はうっとりと上気した顔を近づける。本能的にベッドの後ろに下がろうとしたが、それを許さないペコラはリベリオの上に乗ったまま胸元に手を当てて妖《よう》艶《えん》に微笑んだ。

「リベリオさん、今日は私が抱いてあげますね」

「いや、あの……」

ペコラの後ろにある窓から見える空には月が高く昇っていて、その光を浴びて艶《なま》めく彼女の唇が開いた。

「愛してます」

「ペコラ様、ちょ……っ」

＊＊＊

何か薄ぼんやりした意識が覚醒する。下を見てペコラは飛び上がった。

「はっ、……え？」

顔を腕で隠してぐったりとしたリベリオを押し倒している。しかも自分の寝間着も彼の服もいつの間にか脱いで……

「！　ん、ぅ」

すでに彼の大きな屹立《きつりつ》を受け入れていた。

(待っ、何？　なぜ)

愛し子の印がやけに熱い。もう限界なくらい快《こころよ》さが溜まっていて、少し動くだけでも奥が締まる。

リベリオのお腹に手を置いたまま、状況がわからずキョロキョロと周りを見た。

そこで這うように伸びてきた手に腰を掴まれて、揺さぶられる。

「あ、……っあ、――」

繋がったままでもちろん逃げ場はなく、下から突き上げられて喉から声が漏《も》れた。

「ま、また、勝手に……っ」

「――今日は本当にすみません。でもこれはペコラ様が悪いので」

「なにが……っ」

混乱していると、はぁ、と吐息をこぼしたリベリオがペコラの腕を掴んだ。

くるりとひっくり返されてシーツに背中がつく。

「……邪神を啼《な》かせるとはいい度胸ですね」

「へっ、あの、え？」

いつもより殺気を感じて半泣きになる。

鳥肌を立てつつリベリオの少し赤くなった頬を見ていると……うろ覚えだが、押し倒して欲望のまま彼に『いろいろ』した記憶が蘇《よみがえ》った。

舐めたり、おあずけしたり、その他もろもろ。

「壊さないように加減するこっちの身にも……！」

怒気とともに、威嚇《いかく》する熊のようにリベリオの身体が大きくなった気がした。

「ご、ごめんなさい……？　ででも、っ、ひぁ、っん」

奥まで熱杭が入ってくる度《たび》に目の前に星が散る。弱いところを断続的に擦られてペコラは喘《あえ》いだ。

上からのしかかられて大きな身体が覆《おお》いかぶさる。

「心配しなくても、ペコラ様が世界で一番の悪党です」

「その話は、も……いい」

「ずっと一緒です。世界の終わりまでまぐわいましょう」

「……」

「返事は」

「ほ、保留、って……！」

ペコラは泣きながら叫んだ。

「俺のことを愛しているのに？」

「そうですけど……っ」

さらに熱が中を埋めて背中が反る。ペコラの呼吸に合わせて屹立《きつりつ》が隘路《あいろ》に押し入って、汗が噴き出した。

「あ、ぅ……ん、あ、あ」

リベリオがペコラの頬に手を置く。それに手を重ねて口を開くとすぐに舌が口内に入ってきて唾液を交換した。その間もずっと揺さぶられていると思考が溶けてきた。

「は、っふぁ、あ」

ゾクゾクした感覚がずっと背中を這い上がる。達するまではいかない、ただ心地よい時間にペコラは身を委《ゆだ》ねた。

上からのしかかるリベリオが抱きしめる。その背中に手を回して口を開いた。

「……きもち、いい、です……リベリオさん」

「――――」

「ひっ」

その瞬間、リベリオが動きを止めた。重く部屋の空気が揺れて、繋がったままプルプル震えるとリベリオがペコラを見下ろして己の髪をかき上げた。

「煽《あお》るのやめてもらえますか、何度も言いますが手加減出来なくなるので」

はぁ、と息を吐いたリベリオは、少し表情をゆるめた。

「でもさっきの言葉は嬉しいです」

ペコラの腰に手を置いて、リベリオが頬に唇をつけた。

「もっと聞かせて」

「……きもちい、……っは、あう」

さらに奥に入ってきて言葉が詰まる。ベッドがギシギシと鳴る中、リベリオが奥まで楔《くさび》を打ち込んだ。

「俺のペコラ」

「ん、ん……っ」

揺さぶられて目の前に星が散った。快楽の波を我慢出来ずにガクガクと奥で熱を締めつけると、リベリオは熱い吐息をついた。

「人間の身体だと達するのもまどろっこしいですが、これはこれで」

「っ、あう、は、……っん」

「ペコラ様がもっと気持ちいいの大好きになるように頑張りますね」

邪神が笑う。とろりと目が熱に浮かされ、頬が少し赤くなっているのが一層怖い。けれど。

「お、お手やわらかに、お願いします」

「はい」

くすりと笑って、今まで以上に素直に好意を示す愛し子にリベリオは長い長い口づけをした。

＊　＊　＊

(いた)

ほとんど伴も連れず、街で施術に集中している巫子に屋根の上で『彼』は狙いを定めた。

相手が警戒しているようすはない。依頼主はなぜこんな簡単な仕事に大金を払ったのだろう。

癖のあるふわふわの白い髪。巫子の服を泥で汚した彼女に向けて毒矢をつがえ、こちらに背を無防備に向けた瞬間——放つ。一直線に風を切って飛ぶ軌道を眺めていると、それが、突如勢いを失った。そのまま凍えるような空気と火傷《やけど》するような熱風が『彼』を襲った。

「な……っ」

毒矢は標的に達することなく地面に転がっている。それを拾ったのはまだ幼い少女。

そして、暗殺対象の横にいた二人の騎士が煙突の陰に潜《ひそ》む彼を見つけた。不利を悟って後ろに下がった瞬間。

「っ、ぐあ、ぁ」

喉を掻きむしりたくなるような苦痛に襲われて喘《あえ》ぐ。真っ赤になった視界の中、毒矢を持った少女が『彼』を冷ややかな目で見ながらそれを服の中に隠した。

それが、彼が見た最後の光景になった。

＊＊＊

「どうかした？」

施術が終わって顔を上げると、リベリオとキース、ニナがなぜか屋根を眺めていた。

何かあるのかとペコラも見るが、今日もいい天気で青空が広がっているだけだ。一瞬ののち、三人とも笑顔で振り返った。

「なんでもないです。次行きましょう」

騎士姿のリベリオが微笑んでペコラの右腕を持つ。

「お腹空《す》いてないか、そろそろ昼だろう」

キースが左腕を掴んだ。

「あっ、今度は私が施術しまーす」

ニナが元気に手を上げて後ろに回った。

「え、あ、うん」

リベリオとキースに両側を支えられ、ニナに背を押されながら街を歩く。

「……リベリオ様、キース様、一撃は困ります。背後関係を洗わないと……」

「すみません、つい」

「加減が難しいな」

三人は何か小声でぼそぼそ話していた。

（なんの話だろう……）

――キュウ？

仲のいいようすにペコラは首を傾げる。同じように、頭に乗るダンゴムシが身体を傾けた。

そんな神殿からの一行を街の人たちは微笑ましげに見ては声をかけてくれる。

最近、神殿にはペコラへの依頼が殺到していた。

ほとんどが人の手に負えない魔物や、大きすぎる魔物の死骸処理、水や食料の不便な場所に住む者の生活向上についてである。時間を見つけては現地に赴《おもむ》いて活動を続けている。ニナの故郷にも継続的に連絡を取って魔物を確認しているが、今のところペコラのリベリオへの献身（文字通り）のおかげか前より落ち着いているという。

まだまだ出来ること、やりたいことはたくさんある。何でも出来る、そう思うとワクワクした。

（……よーし、やるぞ！）

元モブ巫子は大きく一歩を踏み出した。

一騎当千の神官騎士二人と六精霊の愛し子を従えて、魔物すら慈《いつく》しんで救済に力を尽くした『羊の大聖女』と呼ばれる彼女のいる時代は、災害もなく平和な世が続いたという。

エピローグ

ペコラを腕に抱いたままリベリオが足を進める。

見たこともない豪華な建物にペコラは圧倒されるがままだ。黒曜石《こくようせき》で出来ているのか神殿はどこもかしこも黒くて暗い。人の気配はしないし窓の外は星か雷か、たまに光が走るのが見えるだけ。数えきれない年数を彼と交わった後、ヒトの寿命を終え、皆に最後のお別れをして……ペコラがいつの間にかいたのはそんな場所だった。

大きな柱が林立する広い部屋の中、中央に置かれた立派なベッドに乗せられる。

死後の世界というにはいささか整いすぎているし、何より、やけに嬉しそうなリベリオが目の前にいる。嫌な予感とともに、聞いてみた。

「リベリオさん私に何かしましたか」

いくつになっても見た目が変わらないとは生前よく言われたのだが。問いかけに彼はにやりと笑った。

「ようやく気づきましたか。俺の眷《けん》族《ぞく》にしました」

「自供が早い！」

「これでも大変だったんですよ、人間を神格化するなんて時間をかけないと。あとキースにもさんざん邪魔をされるし」

「え、あの、え……っ」

ゆっくりとベッドに押し倒されて、首元にリベリオが顔を埋める。ずっと知っているはずの唇の感覚なのにひどく淫靡《いんび》で、触れるだけで達してしまいそうなほど快《こころよ》い。

「ひ、ひとこと……っ本人の承諾は」

「承諾なら昔に」

「たぶん保留と言ったような……！」

いつの間にか着ていた夜着を大きな手が脱がす。

「もう人間ではないので、夢でなくとも多少無理がききますね。あぁ、もちろん傷はつけません。俺の可愛い妻ですから」

ふと気づくと足首には鎖が繋がれていた。その反対側は彼の手首に。

「えええええと」

「これでずっと一緒ですね」

ぞっとするほど綺麗な顔で邪神は微笑む。口づけしようと顔が近づいたそこで神殿が揺れた。空間中に響き渡るような怒号が聞こえる。

「待てリベリオ！　ペコラの独り占めは許さんぞ！」

「ちっ、キースか」

顔をしかめてリベリオが身を起こした。

「待っててください、すぐ斃《たお》してくるので」

「ほ、ほどほどに」

肩を怒らせてリベリオが外に出るのを見送り、目をぱちくりして思わず笑ってしまう。

――キュウウウ……

外から聞こえる破壊音に、ひょこりと顔を出したダンゴムシがやれやれと首を振る。その身体を抱きしめる。

多分そのうち、ニナもこちらに来るだろう。また賑やかな日々が始まる予感がした。

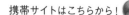

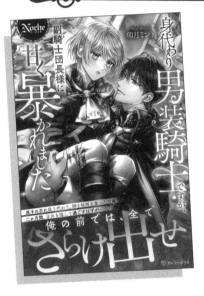

この作品に対する皆様のご意見・ご感想をお待ちしております。

おハガキ・お手紙は以下の宛先にお送りください。

【宛先】

〒150-6008 東京都渋谷区恵比寿 4-20-3 恵比寿ｶﾞｰﾃﾞﾝﾌﾟﾚｲｽﾀﾜｰ 8F
（株）アルファポリス　書籍感想係

メールフォームでのご意見・ご感想は右のＱＲコードから、
あるいは以下のワードで検索をかけてください。

アルファポリス　書籍の感想　検索

ご感想はこちらから

本書は、Web サイト「アルファポリス」（https://www.alphapolis.co.jp/）に掲載されていたものを、改稿、加筆のうえ、書籍化したものです。

見逃《みのが》してください、邪神様《じゃしんさま》
～落《お》ちこぼれ聖女《せいじょ》は推《お》しの最凶邪神《さいきょうじゃしん》に溺愛《できあい》される～

イシクロ

2023年 5月 31日初版発行

編集－反田理美
編集長－倉持真理
発行者－梶本雄介
発行所－株式会社アルファポリス
〒150-6008 東京都渋谷区恵比寿4-20-3 恵比寿ｶﾞｰﾃﾞﾝﾌﾟﾚｲｽﾀﾜｰ8F
TEL 03-6277-1601（営業） 03-6277-1602（編集）
URL https://www.alphapolis.co.jp/
発売元－株式会社星雲社（共同出版社・流通責任出版社）
〒112-0005 東京都文京区水道1-3-30
TEL 03-3868-3275
装丁・本文イラスト－冨月一乃
装丁デザイン－AFTERGLOW
（レーベルフォーマットデザイン—ansyyqdesign）
印刷－中央精版印刷株式会社

価格はカバーに表示されてあります。

落丁乱丁の場合はアルファポリスまでご連絡ください。

送料は小社負担でお取り替えします。


ISBN978-4-434-32031-6 C0093